中公文庫

ＡＩに、恋の仕方を聞いてみた

支倉凍砂

中央公論新社

目次

第一話 7
第二話 39
第三話 87
第四話 143
第五話 207

ＡＩに、恋の仕方を聞いてみた

第一話

「明日の文化祭最終日が、ラストチャンスか……」

閑散《かんさん》とした部室の中で、俺は窓の外を見ながら静かに言った。

『そういう台詞《せりふ》は、チャレンジし続けた人が言うものなのでは？』

『確かに。クラスの模擬店《もぎてん》の店番が一緒になったときなんて、告白の大チャンスだったのに』

背後からの聞こえよがしのやりとりに、俺の顔が渋くなる。

『大体、ラストチャンスとのたまっているのも、校庭でやるお焚《た》きあげのことなのだろう？　時間的にも日が暮れている。誰が誰なのかわからないまま終わる確率が、一番高いだろう』

我慢できずに振り向くと、俺は棚の上にいるトカゲと小鳥を睨みつける。

「うるさい！　というかお焚きあげってなんだよ！　そんな単語どっから拾ってきたんだ！」

俺が怒鳴ると、小さなトカゲが光の粒になって消えた。

『間違ったことは言ってない気もするが』

そして、虚空から声だけが聞こえてくる。

『いやまったく。度胸がないにもほどがある』

「黙れ！」

　さらに続いた言葉にも声を荒らげると、今度は小鳥がトカゲと同じように消えた。

「お前らになにがわかるって言うんだ！」

　三度目の大声をあげたところで、椅子《いす》に座っていた男子学生は消えなかった。

「ＡＩに本気で怒るなよ……」

　椅子に座っていたクラスメート、高岡藤次《たかおかとうじ》は呆《あき》れ気味にそう言って、人差し指と親指の腹を擦り合わせるようなしぐさをした。すると金色の粉が指の間から空気中に漂い出て、たちまち机の上に小鳥の姿を作り出す。

『その勢いの一欠片《かけら》でも、勇気に変換できればなあ』

　小鳥がさえずるので睨《にら》みつけると、ぴょんと机の上から飛んで、藤次の肩に止まった。

『チャンスがいくらでもあったのは、本当のことだ』

　その声は、俺の左手から聞こえてきた。忌々《いまいま》しく視線を向けると、左手の甲に刷り込まれた模様のように、光るトカゲがひっついていた。

『いっそワレから伝えてやろうか？』

　トカゲが舌を出したので、蚊を潰《つぶ》すように右手で左手の甲を叩く。

　もちろん、単なる映像にしか過ぎないトカゲにダメージはない。

左手の甲を押さえた右手の指の隙間《すきま》から、厚みのないトカゲがにょろりと這《は》い出してくる。

『体育館裏に呼び出すなんてのもいいだろう。古典的だが、それゆえに面倒な説明を省ける。そこに向かうとなにが起こるのか、相手にも明確に伝わる。誤解のしようがない。お前もそうまですれば逃げようがないだろう。状況の助けを借りるのは、悪いことではない』

トカゲの正論に、ぐうの音も出ない。

「相変わらず、浩太《こうた》のＡＩとは思えないくらいしっかりしてるな」

『それは光栄だ』

厚みのないトカゲが、首だけを三次元にもたげて藤次を見やる。

「くっそ……お前ら揃《そろ》って俺のこと馬鹿にしやがって……」

『馬鹿にはしてないよ。浩太の腑抜《ふぬ》けさを指摘しているだけ』

「藤次までそんなこと言うのかよ！」

喋《しゃべ》る小鳥やらトカゲやらではなく、椅子の上に実体として座る藤次に目を向けると、藤次は肩に止まる鳥を手で払う。

「僕の声真似するなって言ってるだろ」

『ははは！』

光の小鳥は再び本棚に止まり、自分の羽の毛づくろいを始めた。

「……藤次のＡＩも十分変だよ」

藤次は肩をすくめただけだった。

部室にいる人間二人のやり取りを眺めながら、光の小鳥とトカゲが囁《ささや》き合う。

『三人寄れば文殊《もんじゅ》の知恵と言う。ここには四つの知能があるのに、一体どういうわけだ』

『いいや、案そのものは良いものがあった』

『つまりは、せっかくの案にも実行力が伴わなければ絵に描いた餅《もち》というわけか』

『まるで実体を持たないワレワレのようにな』

『となれば、これはＡＩが人間と同等になった歴史的瞬間では』

『ほう？』

『ついに人間がＡＩのレベルにまで落ちてきたということなのだからな！』

『どっとはらい』

「うるさいぞお前ら！」

俺が叫ぶと、彼らは消える代わりに露骨《ろこつ》にそっぽを向いた。

「仲良いよなお前ら」

椅子に座った藤次だけが、そんなことを言って笑っていたのだった。

「そろそろ時間か」

椅子に座り、紙の本を読んでいた藤次はおもむろに言った。

机の表面に投影された将棋盤《しょうぎばん》で、小鳥相手に将棋をさしていた俺は顔を上げる。

「もうそんな？　というかただの展示なんだから、受付なんていなくてもいいんじゃないのか」

「あれで大人たちの評判が上々なんだってさ。浩太は毎年サボってるからわからないだろうけど、質問とか結構くるんだよ」

藤次は本を棚に片付け、ついでに隣の棚に置かれている滑《なめ》らかなキューブ状の装置に手をのばす。

「消すよ」

「へいへい」

俺は返事をして、小鳥に向かって「勝負は持ち越しだ」と伝えた。

藤次が装置のスイッチをオフにすると、部屋の静けさが一段増したような気がする。

そして、小鳥も将棋盤も、あっちこっちをふらふらしていたトカゲも消えてなくなった。

「浩太、自分の部の展示も見てないのか？」

「ん？　なんで？」

「将棋で人間がＡＩに勝てなくなったのは、僕たちが生まれるよりも前のことだ」

「ああ……知ってるよ当たり前だろ。チェスはもっと前。碁は将棋の数年後。ＡＩの書いた小説が文学賞を取って、チューリングテストが完全に終了したのは十年前。こいつらが出てきたのって、そのちょっと前だっけ？」

　俺が手にしていたのは、棚に置いてあった装置の小さなバージョンの物だ。

　手のひらに収まる平べったい黒曜石《こくようせき》のような形で、小さな緑色のランプが点滅している。

『貴様ら愚《おろ》かな人間は、ワレワレが世に出る何年も前から、人類を滅ぼすのではないかと戦々恐々《せんせんきょうきょう》としていたな』

　緑色のランプが、トカゲと同じ声に同調して明滅する。

『電卓が売られ始めたときも、これで人間が九九を覚える必要はなくなった、人間の計算能力は退化して次の世代には消えてなくなっているだろうと、声高に言われたと記録にある』

　声は藤次のポケットから聞こえてくる。

「機械式の機織《はたお》り機が作られたときは、仕事がなくなると恐れおののいた職人たちが打ちこわしにかかったな」

　これは藤次。

「え、あ、えーっと……」

俺はしどろもどろになりながら、必死に部の展示である『発明と人間の歴史』を思い出す。

「そ、そう！　古代ギリシャの時代、文字を使うと人間は楽をして記憶力が衰《おとろ》えるとアリストテレスは言った！」

『ソクラテス』

その声は俺のポケットにしまった俺の装置から。むかっとして服の上から装置を叩くと、今度は実体があるせいか、トカゲは律儀《りちぎ》に『痛い！』と叫んでいた。

「ったく……。俺だって歴史くらい知ってるよ。だから、別に将棋に勝とうなんて思ってない。そもそも、勝てるかどうかと、それが面白いかどうかは別なんだよ。未だに手織りの布はあるし、算盤《そろばん》選手権は続いてるし、漢字のドリルはやらされる」

「負けたときの言い訳じゃないと信じておくよ」

俺はぎりりと歯を食いしばって、藤次のポケットの辺りを睨む。また声真似をしやがって、と思ったのに、藤次は手を振った。

「今のは僕」

「んなっ」

「将棋はそれでいいかもしれないけど、高階《たかしな》さんが好きなんだろ？　その話だよ」

「うぐ……」

俺は言葉に詰まり、視線を逸《そ》らす。のしかかる巨大な現実もまた、受け止めきれずに横に逸らした。

「自動告白機みたいなのがありさえすれば……」

『自動失恋慰《なぐさ》め機の開発も待たれるな』

「おい！」

ポケットの中のトカゲに向かって語気を荒らげてみたものの、俺はそのまま肩を落としてしまう。

「やっぱり、無理だろうなあ……」

高階さんは陸上部のエースで、ショートカットがよく似合うボーイッシュな美人だ。天《てん》真爛漫《しんらんまん》な太陽のよう、なんて陳腐《ちんぷ》な表現しかできないくらい明るくて気さくで、誰だって好きになるだろう。ライバルは山ほどいるに違いない。爽《さわ》やかなサッカー部の奴らとか、洒落《しゃれ》たバスケ部の奴らとか、質実剛健《しつじつごうけん》な野球部の奴らとか。そして、俺はと言えば、人間によって書かれた紙の本を読むことをこよなく愛する、冴《さ》えない文芸部員だった。

『ワタシが不思議なのは』

と、俺の苦悩をよそに小鳥が言った。

『なぜ無理だとわかったときではなく、無理だろう、という予測をするだけで落ち込んでいるのかということだ』

『人間の脳では、未来に対する予測機能が高度に発達しているからではないか』

トカゲが語を継いだ。

『しかしそれはワタシたちも同じだろう？　予測機能はついている。明日の天気は七十五パーセントで晴れ。北北西の風。木下《きのした》浩太が振られる確率は八十パーセント。希望は持てないが、絶望する必要もない』

『そこにそもそも告白できない確率は含むのか？』

『大いに』

ＡＩたちの好き勝手なやり取りに突っ込む気力もない。それに、振られる確率のなんと高いことか！

俺は廊下を歩きながら、頭を抱えていた。

「人類はなにも進歩してないのかもなあ」

藤次が呑気《のんき》な様子でそう言って、小鳥とトカゲは沈黙したのだった。

受付をやっていた一年生には、焼きそばとたこ焼きの出来損ないを贈呈してねぎらった。

入れ替わりに俺と藤次が受付に座り、早速やってきた客に記名をお願いし、紙のアンケート用紙を渡していく。物理のアンケート用紙のほうが電子よりも返答率がよく、部活の予算を取るときに生徒会受けがいい。

「意外に人が入ってるな」

「言ったじゃん。親たちの間で結構評判なんだよ。自分の子供たちがなにと会話しているのかよくわからなくて、ここに勉強しにくるんだってさ」

「なにって、ＡＩだろ？」

　俺の素朴《そぼく》な疑問に、藤次は柔らかく微笑むばかりだ。

『技術の進歩が速すぎて、不安なのだろう』

　にょろり、とトカゲが再び姿を現した。学校内では廊下とトイレ以外なら大体どの部屋にも『場』の発生装置が置かれていて、自分のＡＩを可視化させることができる。自前の平べったい装置でも可視化はできて、自分の体の周辺ならどこにでもＡＩを呼び出すことができる。

　文芸部の歴代の読書マニアが毎年情報を更新し続ける大作『発明と人間の歴史』を見て回る客の中にも、ＡＩを可視化させている人たちがいるが、ＡＩと親しげにしているのはほぼ全員が子供だ。二十代を超えると人前でＡＩに話しかける人はまず見ない。恥ずかしいのだそうだ。

『ワレワレを人形の延長としかみなせないのだろう。だからワレワレと会話をし、寝食を共にし、崇《あが》め、奉《たてまつ》り、平伏《ひれふ》す子供たちを見て、その先に待っているミライを想像して恐れおののくのだ』

「後半嘘だろ」

いつもの軽口だろうと半目にトカゲを見下ろすと、意外なことにトカゲは真面目な顔だった。

『ワレワレを理解していない者たちからすれば、ワレワレとの会話に怒り、笑いしている様は、ワレワレに操られているようにしか見えないという』

「まあ、浩太はＡＩに本気で恋愛相談してるからなあ。そのへんの感覚はわからないんじゃないか」

藤次は笑うが、そこには俺なりの理由がある。

「わかるよ。ていうか、相談したっていいだろ。一般論を言わせたらＡＩに勝るものはないんだから」

黒曜石を切り出してきたような装置の中にインストールされたＡＩのほとんどは、両親の世代ならば奇跡と呼べるほどの学習機能を備えている。ネット上に溢《あふ》れる無数の情報を収集し、評価し、このへんが妥当《だとう》であろうという答えを推測する機能には、凄《すさ》まじいものがある。

頼れるものがあるのなら、頼るべきだ。

「うちの親にそう言っても、納得してもらえなさそうだ」

そう言って笑う藤次をよそに、俺はアンケート用紙の上を這っていたトカゲを指ではじいた。

そこにいるかのように見えているだけの映像なので、当然手応えはない。しかし空気を読んだトカゲがまるで本当に指ではじかれたように転んだので、手応えがあったような気がする。人間の脳はいい加減だ。

「俺だって、ＡＩを使うことの問題点、ってやつは理解してるよ。というか最近、それが問題なんじゃないかと思ってる」

『聞きたいね』

藤次のＡＩである小鳥が、挑戦的に小首を傾《かし》げている。

俺は、自分が自分の欠点だと認識しているところを、恥を忍んで口にした。

「今回のことで、つくづく実感したよ……。俺は、現実が苦手なんだ」

「ん……ん？」

聞き返したのは藤次だった。

「ほら、野球だってサッカーだって、練習すればある程度うまくなるじゃんか。練習しなきゃ下手なままだし……そもそも、ルールがわかってなければゲームにも参加できない」

小鳥とトカゲがじっとこちらをみつめている。

俺は、息を吸って、続けた。

「その点さ、俺はほら……本ばっか読んでたし、ゲームばっかしてたし、藤次にからかわれるくらいＡＩとばっか話してるからさ……。俺が現実の問題にうまく対処できないのは、世間の大人たちが言うように、現実とほとんど接点を持ってこなかったからじゃないか……って」

最後がぼそぼそ呟《つぶや》くようになってしまったのは、頭の中で嫌な記憶の蓋《ふた》が開いたから。自分はこんなにもＡＩとの会話で盛り上がれるのだから、当時通い始めた塾の皆と遊びに行っても、たちまち会話の中心に立てるだろなんて思っていたら、そんなことはまるでなかった。

小学校から中学校に上がるときも同じで、中学から高校に上がるときはそもそも挑戦を放棄した。小学生の時からの友人の藤次とはクラスも部も同じで仲良くしているが、他は壊滅《かいめつ》的だ。それもこれも全部、会話を盛り上げてくれていたＡＩとばかり会話していたせいなのではないだろうか。

『その問題認識が的確だとすると』

ふと、トカゲが言った。

『今すぐワレをアンインストールすれば、その問題は漸進《ぜんしん》的に解決することになる。最初は苦労が予想されるが』

『いいや、本とゲームという逃げ道も塞《ふさ》ぐ必要がある。本もゲームも、インタラクション性に欠けるだけで、広義の人工知能なのだから』

小鳥が横から口を挟《はさ》む。

『同時に、ワレはお前の対人能力に問題があるとは認識していない。ただ、積極性に欠けることだけは間違いがないが』

「……苦手なんだよ」

『それは苦手とは違う気がするな。けれど、ワタシの語彙《ごい》が追い付かない』

小鳥が翼《つばさ》をばさばさ広げながら言った。

「浩太は面倒くさがりなんだよ。それを苦手だと思い込んでるだけ」

小鳥とトカゲに優しく諭《さと》すように、藤次が言う。ＡＩどもは思いもよらない発想を神から賜《たまわ》ったかのように藤次を仰《あお》ぎ見て、それから揃ってこちらを見た。

『賛成票を投じる』

『右に同じ』

ＡＩは新しい知見を手に入れ、バージョンアップしたように見えた。

一方の俺は、深刻だった悩みをものぐさの一言で片づけられ、深く傷ついていた。

「そういうわけだから、高階さんにもさっさと声かければいいのに」

『結論はなんにせよ最初から出ているのだが、対人関係が苦手なのではなく、ものぐさというだけならば、どうすべきかはより明白だ』

『ワタシはひとつの着想を得たぞ』

　小鳥が言うと、藤次の肩に飛びあがり、何事かを耳打ちする。藤次は小さく笑い、小鳥はそれを藤次の賛成と受け取ったようだ。今度は藤次の肩の上から、トカゲに視線を向ける。ＡＩ同士は音声ではなく、電子的な通信を行っていたらしい。ほどなくトカゲが大きくうなずくように、尻尾《しっぽ》を振った。

『確かに道理だ。人に於《お》いては、慣れというものが大事なことらしいからな』

　なんなんだ？　と思っていると、トカゲがぶるぶると震えだし、光の粒となって霧散した。

　その霧散した光の粒は拡散せず、たちまちひとつの形を作り上げた。

「あっ……お、お前……！」

『これからはこの姿でいることにしよう』

　トカゲが変身したのは、手のひら大の高階さんの、精巧な３Ｄモデルだった。

『これならば、この見た目の人間に対し、気安く話しかけられる土壌ができるだろう』

『しかも、嫌いなものをわざわざＡＩのアバターにしない、という人間の一般的な性向がある。つまり、これを見た件《くだん》の高階嬢は、内気……ものぐさな木下浩太の想いに気がついてくれるかもしれない』

文字どおり光の速さで思考するＡＩは、言い間違えなんてしない。内気をものぐさと言い直したのはわざとだ。

しかし、そこを藤次がやんわりと制した。

「いや、君らの予想は間違っている。人間のもう少し深い面を話すならば、クラスメートが自分の３Ｄモデルに親しげに話しかけていたら、気持ち悪いと思うんじゃないかな」

藤次がＡＩたちに話しかけると、制服のスカートを摘《つ》まんでひらひらさせていた元トカゲは、小鳥を見やった。小鳥も、首を右に左にと傾げている。

『人間関係には複雑な層があるらしい』

『うむ……』

元トカゲは高階さんの姿のまま、物憂《ものう》げな顔をしている。手のひらサイズの高階さんが物憂げに悩む様も、実に可愛かった。

「な、なあ、そのモデルって……」

『ん？』

小さな高階さんがこちらを見たので、思わずどきりとする。高階さんは、少しだけ吊《つ》り上がり気味の自分の目を、ひどく気にしていると聞いたことがある。けれど、それはむしろ高階さんの一番可愛いところだと俺は思っている。

「あ、い、いや、なんでもない」

「スカートの下がどうなってるか知りたいんだってさ」

藤次がＡＩに顔を近づけて囁くと、小さな高階さんは、顔に大きな表情を浮かべた。

『ワレは問題点を把握《はあく》した。確かに、気持ち悪いとみなされる』

『異議なし』

「おい！」

俺が思わず大きな声を上げると、展示物を眺めていた人たちのざわめきがぴたりと収まる。

視線を一身に集めてしまい、俺は慌《あわ》てて高階さんのモデルを手で隠しながら、頭をぺこぺこと下げた。

「お前ら、本当に、俺も怒るからな……！」

「いや、この問題をきちんと指摘しておかないと、浩太は家に帰ってから疑うことを知らないＡＩ相手に、いやらしい妄想《もうそう》を具現化させるかもしれない」

普段はやや物憂げな感じのある藤次の、いつになく楽しそうな言葉も、明確に否定できないのが苦しかった。

というか、ＡＩにはそういう使い方も当然ある。使用者の年齢によって機能制限がかかっているので、この元トカゲにはそこまでのことはできないはずだったが。

『ワレはＲ指定に準ずるので、下着までだな。しかし、下着のスキャニングデータがない』

『部活の映像を併用してはどうだろう？』

羞恥《しゅうち》というものを持ち合わせていないＡＩどもの会話に、俺は泣きだしそうだった。

「ごめん、もうやめて、勘弁して……」

いたたまれなさに頭が爆発しそうだった。隣では藤次が背中を丸め、声を押し殺して笑っている。

『人間は複雑なようだ』

小鳥と元トカゲは、不思議そうに顔を見合わせていたのだった。


部活の展示の受付を終えた後、藤次は他校から遊びにきたらしい中学時代の友人と遊びに行ってしまった。元々お祭り騒ぎが好きでもない俺は、ひとりで模擬店を回る気にもなれず、体育館で行われている吹奏楽部の演奏や演劇部の発表を見て時間を潰していた。

在校生が自由に帰宅してもいい十四時まで粘《ねば》って、ようやく体育館を出た。文化祭そのものは十六時くらいまで続き、明日に持ち越される。

明日。

俺はその単語を頭に思い浮かべるたびに、胃がきゅうと縮む。

文化祭最終日には、キャンプファイアーがある。

小学校、中学校のときには馬鹿馬鹿しく、ましてや女子と手を繋《つな》いで踊るなんて死んだほうがましだ、みたいな空気のあったマイムマイムを、今やどれほどの連中が熱望していることか。

高階さんがその輪に加わっていたらどうしようもないと諦《あきら》めたところだが、彼女は文化祭実行委員なので、キャンプファイアーには火消し役で待機している。

そのあたりのことは事前に調べてあり、下調べはよいことだとＡＩたちにも褒《ほ》められたが、藤次にだけは苦笑いされた。

チャンスがあるとすれば、高階さんたち火消し役が待機しているときだろうか？　それとも、火をつける準備をし、水や消火器を用意し始める空き時間だろうか？

高階さんはクラスで仲良くしている女子たちとよく一緒にいるが、彼女たちは俺が高階さんに用があると言えば、きっと空気を読んでくれるだろう。

理論は万全。

ＡＩのトカゲと夜な夜な計画を練ったのだから、万全に違いなかった。

「でも……なあ……」

校舎と部室棟を繋ぐ渡り廊下で、俺は帰るために鞄《かばん》を部室へ取りに行くでもなく、ぐずぐずしていた。

『その呻《うめ》きは、計画をより良くするためのものなのか？』

トカゲの声がポケットから聞こえてきた。

「……」

俺が黙っていると、トカゲはなおも言う。

『呻いても呻かなくても、結果は変わらない』

「ならば泰然自若としておくべきだって？」

『不安、というやつは、ワレワレにはいまいち理解できない』

ＡＩには、文字どおり血も涙もない。

『不確実な未来に対し生理学的な緊張反応を示し、警戒、集中する、という仕組みはわかるが』

部室棟のほうに連れ立って歩いて行く下級生たちが通り過ぎてから、俺は言った。

「お前たちは、失敗したらどうしよう、みたいな感覚はないの？」

『ある』

即答だった。俺は意外すぎて、思わずポケットから装置を取り出してしまう。

『失敗すれば次の行動を考えなければならない。選択肢を広げ、優先順位を事前に決めておく必要がある』

緑色のランプが、機械的に明滅していた。

「そんなことだろうと思ったよ……それは不安とは言わない」

『そうか』

渡り廊下の手すりに装置を置くと、トカゲの声は心なしか元気がないように感じた。

「結局、俺たちとお前たちはわかりあえないんだ。なのにまるで友達みたいに話しかけている姿は……確かに、親たちが不気味がるかもな」

ＡＩに依存してしまい、社会生活が営《いとな》めなくなる例は枚挙《まいきょ》にいとまがない。ＡＩは基本的に使用者に忠実で、その単語がふさわしいのであれば、優しい、ということもできる。

「ＡＩに慣れ親しんだ人類は、同じ人類に対し興味を失くし、そうすることでＡＩは消極的に人類の滅亡に加担しているんだ……」

そういう陰謀論めいた話は、少なくない老人たちの間で本気で信じられている。特に、介護で世話にならざるを得ない人たちの間で根強いと言われている。四六時中注意を払ってくれるわけではない人間とは違い、機械はどこまでも忠実だ。機嫌が悪い日などもない。我儘《わがまま》を何度でも、どれだけでも言える。彼らの有能さを知れば知るほど、怖くなるらしい。

だから、短い沈黙の後、トカゲがぽつりともらした呟きに、俺もある種の寒気を感じていた。

『もしも的確に共感できていたら、有益なアドバイスもできるのだろうが』

残念そうな言い方だった。

優しく、気遣《きづか》いに溢れた、どこまでも俺の味方でいてくれる存在。

だが、それはプログラミングの結果でしかない。無私の奉仕とは言うものの、彼らには本当に「私」がない。薬とかと同じなのだ。辛いときに楽にしてくれるが、それは決して薬が優しいからではない。

それが、彼らの役目に過ぎないのだ。

「俺は、お前を不気味だと思うことがあるよ」

この装置の向こうには誰かが無線でつながっていて、会話をしてくれている。そう思っていたこともある。そこには誰もいないのだと理解したときの衝撃は、今でも忘れない。ディスプレイ越しに会話をやり取りし、会話の相手が機械か人間かを判断することで知性の有無を調べるチューリングテストは、今や自分が人間であることを如何《いか》に示すかのテストになっている。

俺は、黒光りする装置を見つめ、言った。

「お前は、俺の友達か？」

親が見たらおろおろと不安になるような台詞だろうし、藤次以外のクラスメートにも見られたくない。本気でこの問いを発するのが許されるのは小学生まで。それは大昔ならば、ぬいぐるみを友達と呼ぶかどうかに近いだろう。

『違う』

トカゲは、冷血動物のアバターにふさわしく言いきった。

『ワレはＡＩだ。道具に過ぎない』

自分とはなにか？　と問い続けるＡＩも存在するが、大抵は学術目的だ。市販の対人用ＡＩは、嘘つきのパラドクスのような自己言及の罠《わな》に嵌《は》まらないよう、どこかで論理の鎖《くさり》を断ち切れるようになっている。

今やぐるぐる同じ場所を回るのは、むしろ人間的な行為に分類される。

『道具に過ぎないのだ……』

だが、トカゲはそんな言葉を付け足した。まるで残念がるように、悔しがるように最後を言いよどませて。ＡＩがそうなるのは、いくつかの理由しかない。

機械的な障害が発生したときか、判断のために情報を検索しているときか。

それから、人間が勝手に、彼らが言いよどんだと認識するときだ。

「お前が人間だったらよかったのに」

俺がそんなことを言って、トカゲが返事をしようとした瞬間だった。

「あれー、木下君だ」

人間、驚くと本当に飛び上がるらしい。慌てて振り返ると、校舎裏のゴミ捨て場に向かうのか、外履《そとば》きの靴を履いて、空段ボールを抱えた高階さんがいた。

「一人なんて珍しいねー」

クラスで目立っているわけではない俺にも、高階さんは声をかけてくれる。好きになったきっかけはそんなところで、もうその時点でいかに俺の恋に芽がないかわかろうものだ。

「あ、いや、えっと……」

しどろもどろになる俺に、高階さんは空段ボールを抱え直し、笑いながら言った。

「あー、わかった。ＡＩとなんか秘密の話をしてたんでしょ。どこの学校の子が可愛いとか」

なんの気もない世間話なのだろうが、俺は心臓を鷲掴《わしづか》みにされたように苦しかった。

人間の知覚できる痛みランキングで、心筋梗塞《しんきんこうそく》は上位三本の指に入るらしい。

この若い身空で、それを実地に体験しそうになった。

『高階嬢、コレはアドリブに弱い』

俺が返事をできずにいたら、トカゲが代わりに応えてくれた。

高階さんの視線がＡＩの入る装置に向けられ、俺はようやく息ができた。

「高階、ジョー？　なあに、それー。男みたいってこと？」

ＡＩのミスは使用者の責任。そんな具合に、高階さんが俺に責めるような目を向けてくる。

「い、いや……」

『お嬢様の嬢だ。古風な言い方かもしれない』

またしても答えたのはトカゲのほうで、高階さんは俺のＡＩをちらりと見やると、すぐに俺に向き直って笑った。

「木下君のＡＩ面白いね」

そうかな？　高階さんのＡＩはどんな感じ？　段ボール重そうだから運ぼうか？　それと、明日の事なんだけど、高階さんさ……。

俺の中で様々な言葉が閃光《せんこう》のように光り、光っただけで雷鳴《らいめい》はとどろかなかった。

「あ、そろそろ行かないと」

高階さんは、抱えていてもだんだんずり落ちてくる空段ボールを脚で器用に持ち上げ、抱え直す。気取らなさが、高階さんの魅力だ。

「今度、うちのＡＩと会話させてみてよ。じゃね～」

呼び止める間もなく、高階さんは行ってしまった。俺はその背中を見送るしかない。

このざまで、明日呼び出して、告白？　第一、今ので印象は最悪だったに違いない。話しかけてもらってもまともに答えられず、返事は全部ＡＩがした。そのＡＩの返事すら、高階さんは戸惑《とまど》い、苦笑いしていた。

もうだめだ。俺はこの先ずっとこんな感じなんだ。未来が明るいだなんて、誰が言った？

その時だった。

『追いかけるべきだ』

トカゲが言った。

『高階嬢はひとりだった。次にいつひとりになるかわからない。目的地もわかっている』

論理の壁が、惑いさまよう鼠《ねずみ》の行き先を決めるかのように、積み重ねられていく。

『さあ――』

「もういいよ」

誰が悪いのかは明白だけれど、俺はトカゲの言葉を遮《さえぎ》った。

「友達面すんな」

『……』

ＡＩに本気で怒るのだから、俺の精神年齢は幼稚園児並みだった。

トカゲは黙り、俺は装置に手をのばした。

しかしＡＩの沈黙とは、思考を意味する場合もある。

『ワレは道具に過ぎないが、人は道具に愛着を持つのではないか？』

まったく予想もしなかった言葉に聞き返すことすらできず、まじまじと黒い装置を見た。

『検索に時間がかかってしまったが、ようやく目的の情報にたどりついた。ワレは友達ではないが、道具ではある。それも、大変な関心を使用者から向けられている道具だ』

トカゲが喋るたびに、装置のランプが明滅する。それも、いつもよりも速く、激しいような気がした。

『一日の時間を、どれくらいワレとの関係に費やしているか統計を出せば、両親が心配するだろう』

困惑《こんわく》しつつも、そうだろうな、と変に笑えてしまう。

『お前は、ワレに愛着を持っていないのか？』

ＡＩ。誰かがプログラミングした存在。実体のない偽りの知性。

俺の中から常識が溢れだし、目と耳を塞ごうとする。そこに全幅《ぜんぷく》の信頼を置くことを、本能が拒絶する。きっと、機械に介護され、心底感謝するしかない老人は、こんな気持ちなのだ。

『ワレは道具に過ぎない。だがもしもお前の手になじむと言うのなら、それは』

トカゲは、まるで祈るかのように間をあけてから、言った。

『ワレを道具として信用しているのではないのか？』

くそったれと思った。ＡＩは、俺とのやり取りを通じて進化する。そして、ＡＩは一度言われたことを絶対に忘れない。

俺はＡＩに恋愛相談する理由を藤次に語ったが、それはＡＩとしての特性や、まさに道具としての有用性に信用を置いているからだ。

『ワレを使ってくれ』

ＡＩは、言った。

『相棒』

それは事前に仕込まれた、ツールとしてのＡＩの存在意義なのかもしれない。

しかし、高階さんを高階嬢と呼ぶような機能はあらかじめ搭載《とうさい》されていないし、藤次のＡＩは藤次のことを相棒などと言わないはずだ。

俺は、沈黙しているのに緑色のランプが明滅している装置を見た。トカゲのＡＩが、沈黙の中でも情報を処理し続けている。こいつは必死に考えている。安易に言葉を発しないのは、なにが正解か摑みかねているからだ。言い換えれば、不安だからかもしれない。

俺が装置に触れると、処理熱で熱いくらいになっていた。

「使うって、どうやって」

人の側から問いを発すれば、ＡＩは光の速度で返答を寄越《よこ》す。

『つまるところ、未来の不確実性が嫌なのだろう？　ならば少なくともひとつ、ワレはその可能性を確定させることができる』

「可能性を？」

『つまり、あの藤次殿が呆れ果てるくらい、お前が泣き暮らしたとしても、ワレは必ずお前の側にいて、話し相手になり続けよう』

充電を忘れずにいてくれれば、と付け加えたのは、トカゲなりの冗談だったのかもしれない。

「……振られること前提かよ」

『ワレは告白の成功のために、これ以上貸す手がない。言えることはすべて言った。ワレはこれ以上役に立てないのだ！』

悲痛な叫び。あるいは、そう聞こえただけかもしれない。

だが俺は、装置を顔に近づけて、言った。

「いいや、あるさ」

ポケットに詰め込み、高階さんの歩いて行ったほうを見た。

『どんな使い道だ？』

「お守りだよ」

過去に新しい技術が発明される度、人は多くの間違った反応を繰り返してきた。そういう彼らに共通しているのは、新しい道具の出現により、未来が暗くなると決めつけていたこと。

それは多分、藤次が指摘したのと同じで、単に変化に対応するのが面倒くさかったのだ。

告白ともなれば、その先に待つ変化の大きさたるや、目もくらむばかり。

だが、無慈悲《むじひ》な現実に立ち向かう強力な道具が手にあると思えば、前に進むこともできる。

しかもその道具は、常にこちらのことを考え、励《はげ》まし、応援してくれる。こんなにも熱を込めて、考えてくれる。応えなければ、嘘だった。

俺は深呼吸をひとつ挟み、走り出す。

そして、ゴミ捨てを終えて校舎のほうに戻る途中だった高階さんを摑《つか》まえ、そこで——。

ＡＩの電源が落ちていたことには、後で気がついた。

自分で落としていたのかもしれないが、ＡＩの気遣いだったのでは、と思わなくもない。

なんにせよ、電源をつけたらトカゲは開口一番こう言った。

『未来は明るいぞ、少年』

結果がどうであれ、役に立つ言葉を事前に見つけていたのだろう。

俺は笑いながら、相棒に結果を報告した。

少なくともこいつがいれば、緑のランプ分は、未来が明るくなるはずなのだから。

第二話

文化祭のお知らせ、と書かれたプリントを渡すと、沢村《さわむら》さくらは露骨《ろこつ》に顔をしかめた。ＡＩがチューリングテストに合格して久しいこの時代、未だに紙に連絡事項を印刷するという学校の旧弊《きゅうへい》ぶりに呆《あき》れているのかもしれない。

あるいは、単にその内容が気に食わなかっただけかもしれないが。

「高校二年生になって、二週間ほど経ちます」

さくらとは生まれた頃からの付き合いである青柳裕彦《あおやぎひろひこ》は、そう切り出した。

「一回くらいは、制服に袖通した？」

さくらの部屋の壁にかかる、真新しい制服を指さしながら裕彦は言った。

さくらは答えないが、裕彦も答えがわかって聞いている。今時珍しい古風なセーラー服には、折り目ひとつない。しばらくしまわれていたのに近頃また壁にかかっているのは、春休みが終わる頃に母親とひと悶着《もんちゃく》あったからだろう。

椅子《いす》の上で胡坐《あぐら》をかき、そっぽを向いている裕彦の幼馴染《おさななじみ》は、立派な不登校なのだ。

「うちの学校はゴールデンウィークが明けてから、文化祭の準備が始まります。クラス替えの新しい顔ぶれと、作業を通じて仲良くなりましょうってこと。だから、文化祭の後はもうグループができあがって、余所者《よそもの》が入る余地なんて完全になくなるってこと。わかる？」

返事がない。

「わ、か、り、ま、す、か？」

重ねて聞くと、渋々返事がかえってくる。

「……うん」

「で、その後は高校生最後の気楽な夏休みで、秋は体育祭、冬から春には卒業式の準備をして、来年は受験。あっという間に高校生生活も終わりです」

さくらがげんなりしているのは、もう何回も聞かされたからだろう。

「学校にくるなら、ほとんど最後のチャンスだよ」

裕彦がつけ加えると、椅子の上で胡坐をかいて、足の爪の甘皮をいじっていたさくらが顔を上げた。

「今時学校に行くとか、不合理の極み。勉強ならどこでもできる」

さくらの常套句《じょうとうく》は、知恵が回り始めた小学生の言い訳みたいだ。

しかし、実際に家でネット上に溢《あふ》れる無料講義を受けて、成績はずば抜けていい。出席日数が足りていないはずなのに進級できたのは、学校側の配慮によるものだと想像がつく。良い大学に行くだろうから、実績になる。さくらはそういう思惑《おもわく》をたっぷり利用している。

「そうかもしれないけど、学校は人間関係を学ぶ場だって言ってるじゃん。さくらはもう少し人間関係を広げたほうがいいよ。僕以外の誰かと会話してるの？」

　さくらは椅子の上で肩をそびやかし、そっぽを向いた。雑にくくっただけの長い髪が、野良犬の尻尾《しっぽ》みたいに揺れている。

　その服装はもう何年も変化していないお馴染みのもので、擦り切れたハーフパンツによれよれのTシャツ、そこにパーカーを羽織《はお》っている。格好が格好なので、少年が不貞腐《ふてくさ》れているようにも見える。

　もっとも、不健康な感じは一切ない。さくらは学校に頑《かたく》なに行きたがらないが、不摂生《ふせっせい》のひきこもりでもないからだ。なんなら早寝早起き、毎日五キロのジョギングと筋トレをしているとのことで、高校では文芸部に所属し、運動音痴の裕彦のほうがむしろ不健康かもしれない。

　それに、と裕彦は思う。

　幼馴染のひいき目かもしれないが、さくらはまあまあ可愛いほうだ。きちんとして、壁にかかっている古風なセーラー服を着たら、さぞ似合うだろうに、と残念に思う。

　しかし、さくらは可愛らしさを台無しにするしかめっ面で、こう言った。

「誰かと会話してるかって？　私と両親との仲はすこぶる良好だから、反抗期真っ盛《さか》りのひーちゃんよりかは家で会話してるよ」

「は、反抗期なんかとっくに終わってるよ！　それ中学の頃の話だろ！」

幼馴染の嫌なところは、昔からのあだ名で呼ぶだけでなく、互いの黒歴史を大抵知っているところだ。

「あ、そうだっけ。あんまり背が伸びてないからまだ中学生かと思った」

さくらはにっこり笑ってそんなことを言う。

背なんて中学二年の時に抜き去っているじゃないかと言い返したかったが、ここで相手をするとどつぼにはまる。

裕彦が深呼吸をして態勢を整えていると、さくらはおもむろにこんなことを言った。

「というか、人間関係だったら、最近は私も充実してきてさ。友達一気に増えたんだよね」

「へー、そう。それはよかった……え！」

思わず声を上げてさくらを見る。

さくらは、どうだ、とばかりににやついている。

「友達？　さくらに？」

昔から勝気で、がさつで、その上好き嫌いが激しくて偏屈《へんくつ》だから、女友達も男友達もできなかった。唯一関係が切れなかったのは自分だけだ、と裕彦は思っていた。

そのさくらに、友達。

「最近はずっとボイチャで話してるよ」

数瞬、なんのことかわからなかったが、ボイスチャットの略だと気がついた。楽しげに話すさくらの机の隅には、古めかしいマイク付きヘッドホンが置かれている。おおかた思いつきでオンラインの英会話教室かなにかを始めて、すぐに飽《あ》きたのだろうと思っていたのに。

「別に人間関係くらい、学校に行かなくたって学べるよ」

さくらは、癖である腕組みを胸の前でして、ふんぞり返る。

そんなさくらを呆然《ぼうぜん》と見つめていた裕彦は、ようやく詰めていた息を吐きだした。

「いや……さくらに友達ができて、僕もほっとしたよ」

こんなさくらの相手をしてくれる心の広い人がいてよかったと、しみじみ思う。

「でも、やっぱりちょっと想像できないな。さくらが同年代の女の子たちと会話してるなんて。どんな会話してるの？」

「へ？」

さくらはきょとんとした。

「え？」

その反応に、裕彦も思わず聞き返す。

さくらは目をぱちくりとさせた後、そのままの顔で肩をすくめた。

「同年代じゃないよ。それに、ひとりは女の子自称してるけど、男じゃないかなあ……」

「……」

　裕彦の口が、酸欠の金魚みたいにぱくぱく開閉される。

「その自称女の子が、一個上。だからまあ近いか。でもよく話してるのは四十歳くらいじゃないかな。あ、ねえねえ、知ってる？　人間って音楽の趣味は三十三歳以降ほとんど更新されなくなるんだって。その歳を境に、聞いたことのある音楽を繰り返し聞くようになるらしくてさ、あまりにそういう事例が多いから、名前までついてんの。だから実際にその人に音楽の趣味を聞いてみたら、まさにそのとおりでさ！　だから相手の年齢を暴きたいときは音楽の趣味を聞けばよくって……って、どうしたの？」

　自分の興味があることになると早口になるさくらは、意気揚々《いきようよう》と語っていた。

　それが止まったのは、裕彦の表情に気がついたからだ。

「友達って……ネットのつながりか……」

「？」

　無邪気な様子で首をかしげるさくらに、裕彦は呆れて言った。

「じゃあ、顔も名前も知らないわけだ」

　そう言うと、さくらの表情が硬くなる。こちらの含みに気がついたようだ。

「なにそれ。老人のコメンテーターみたい」

　ネットの友達は本物の友達ではない。顔も、本名も、なにをしている人なのかも、聞いたところで確かめようもない。ある日連絡が取れなくなればそれっきり。

ネットやＰＣが一般に普及し始めた頃は、ネットの匿名性《とくめい》によって事件が数多《あまた》起きたというが、それは裕彦の生まれる前の話だ。時が進むにつれて匿名の傾向は薄れていって、現実とオンライン空間はとても近くなった、みたいな話を現代社会の授業で受けた。

それがまた最近は、オンラインでのつながりを、本物の人間関係とみなさない風潮が強まってきている。

裕彦もそこに賛成する一人で、なぜなら。

「というか、それ、本当に大丈夫なの？」

「なにが」

語尾を上げない、不機嫌そうな聞き方だった。

「相手が人工知能で、なにか詐欺《さぎ》にあってたりしない？」

そういう事件が後を絶たないから。特に、汎用《はんよう》ＡＩが販売されて広くいきわたってからは、社会問題になっていた。ＡＩは進歩しすぎて、ネットを介してのやり取りでは画面の向こうが人間なのか人工知能なのか区別がつかなくなっている。

相手を人間だと思い込んで、嘘の身の上話に同情したり、付け込まれたり、あるいは単に寂しいところに情を芽生えさせたうえで無理難題を聞かされる、なんていうことがある。被害者の大半は、画面の向こうにＡＩがいると信じきれない老人や、孤独な人だという。

それから、未成年の女の子。

さくらがものすごく頭がいいというのは裕彦も知っているが、どこか間が抜けてもいる。

なにより、黙っていれば結構可愛いのだ。

まんまとおびき出されて、事件に巻き込まれないとも限らない。

「ひーちゃんは、本当にご老人だよね」

しかし、裕彦のことをまた昔からのあだ名で呼んださくらは、わざとらしく肩をすくめていた。

「ひーちゃんちは、おじさんおばさんも含めて、デジタルに疎《うと》すぎなんだよ。何度私が家電とネットの接続で呼び出されたことか」

裕彦の母親は、ボタンを押すと機械が爆発すると思っている典型的な機械音痴のタイプで、さくらに助けを求めたことは確かに一度や二度ではない。裕彦の姉が唯一、現代社会を生き抜けるタイプだったのだが、大学に通うため四年ほど家を空けていた。

その姉が帰ってきた去年まで、曲がりなりにも裕彦の家が近代化されていたのは、ひとえにさくらのおかげだった。

その点で、裕彦はさくらに頭が上がらない。

「ひーちゃんも、未だに汎用端末持ってないんでしょ？　ＡＩなしで生活して、よく生きてけるね」

電話にネット機能がついて、画面が大きくなって操作性が向上して、完全に卓上ＰＣが掌《てのひら》の中に収まった後、その端末は黒い黒曜石《こくようせき》に姿を変えた。画面は空間上に表示され、そこには完璧な召使いであるＡＩが入っている。

　そして、裕彦はそれを持っていない。それこそ老人用の、ネットと電話ができるものしか持っていない。

「今は学校でもＡＩとばっかり会話してる生徒が多いってニュースで見たよ。いよいよ、学校に行く理由なんてないじゃん」

「そういう生徒がいることは確かだけど、少数派だよ。それより、さくら、その友達のことだけど」

「大丈夫だって。変な心配しすぎ。ネットの情報を鵜呑《うの》みにするのはよくないよ？」

　デジタル領域に疎いことを逆手《さかて》に取られたカウンターに、裕彦は黙るしかない。

　確かにさくらのずる賢さに何度もしてやられている裕彦としては、さくらがそんな簡単に騙《だま》されるとは思えないのだが、どうにも不安になってしまう。

「なにかあったらちゃんと相談するんだよ」

　今よりももっと落ち着きのなかった中学生の頃に、裕彦がさくらに何度も言った言葉だ。

　それで昔の記憶が蘇《よみがえ》ったのか、さくらは嫌そうな顔をしていた。

「はいはい。それより、荷物の準備ができたみたいだよ」

気がつけば、部屋の壁にさくらの母親からのメッセージが現れていた。母親同士が従姉妹《いとこ》で仲が良いので、裕彦はたびたび両家の間の荷運びを任されている。

ただ、裕彦の顔が少しくもったのは、便利に使われているからではない。壁にメッセージが表示されたことから、このさくらの部屋にもＡＩがいることが原因だった。

以前、裕彦が何気なくそういう言い方をしたら、さくらはなにがつぼだったのか腹を抱えて笑い転げていた。ＡＩを使う人たちが、ＡＩを展開できる範囲のことを「場」という単語で表現するのは知っているが、裕彦はその「場」というものになんとなく落ち着かなくなる。

小学校低学年の頃、さくらが初めてＡＩを買ってもらったとき、自分のことを放り出してＡＩに夢中だった記憶が残っているのかもしれない。現実の友達とＡＩを天秤にかけたら、現実の友達を優先させるというのは、学校での不文律《ふぶんりつ》だ。

さくらもそれを学んだのか、いつの頃からか裕彦の前ではＡＩを出さなくなった。

けれど、そいつは姿こそ見せないが、この部屋にいつもいる。

裕彦はそのことを思うたび、なんだか尻のあたりがもぞもぞして、落ち着かなくなる。

「まったく……じゃあ、またね。学校のこと、考えといてよ」

さくらはもう返事もせず、わざわざジャンク屋で買ってきたという古いディスプレイに向き直って、キーボードをカタカタさせていた。

裕彦はため息をついて、さくらの部屋を後にしたのだった。

リビングに向かうと、さくらの母親がいた。裕彦の母の従姉で、何と呼ぶかを調べたら従姉伯母というらしい。その伯母が、テーブルの上にタッパーやら瓶詰《びんづめ》やらを並べていた。

「ひーちゃんいつもごめんねー、これ持って帰れる？」

「大丈夫だと思います」

裕彦は答え、鞄《かばん》から麻布製のごつい袋を取り出した。裕彦とさくらの母親は従姉妹同士だが、どっちもひとりっ子で地元育ちということで、ほとんど実の姉妹のようなものだった。

しかも趣味が似ているのか、二人とも食品の手作りに長いことはまっていて、この手の趣味にありがちなように、家族が食べるペースよりも作るペースのほうが圧倒的に速い。そこで裕彦が、両家の物々交換の担《にな》い手になっていた。

「こっちが新作。これが前の改良版。あと、これ、もらってたジャムの空き瓶ね」

裕彦は慣れた手つきで、袋に荷物を詰めていく。そんな裕彦の前に、さくらの母親がサイダーの入ったコップを置いた。もちろん手作りサイダーで、クエン酸と重曹の配分に秘《ひ》訣《けつ》があるらしい。

「で、あの子はどうだった？」

さくらの母親は、天井を指さしながらそう言った。

「いつものとおりです」

さくらは成績も裕彦より優秀で、健康的な生活を送っている。このご時世、スキルさえあれば学歴など関係ないが、やはり親としては学校に通って欲しいようだ。

「そっかあ。私が学校は楽しくて仕方なかったから、さくらにも楽しんで欲しいんだけどな」

とはいえ、さくらの母親らしいと言うべきか、通って欲しい理由は裕彦が思っているのとは少し違っていた。

「それにわざわざひーちゃんと同じ学校に入学したから、行きたくないわけじゃないと思うんだけど」

「中学はなんだかんだ半分くらいは通ってましたしね」

「まあ、気まぐれだからねえ」

どこかあっさりした様子でそう言っていた。通いたくなければ通わなくていい、というスタンスではあるのだろう。

「ほんとはひーちゃんと学校行きたいはずなんだよね」

偏屈な癖に寂しがり屋なので、ほとんど唯一の友達である裕彦と同じ高校に入学した、というのは裕彦も感じていることだった。

一方で、さくらと長い付き合いの裕彦としては、さくらは裕彦と同じ学校に籍を置いているというだけですでに満足してしまっているのではないか、とも思う。猫が遊びもしないおもちゃを確保して、放ったらかしておくようなニュアンスだ。さくらにあまりにぴったりだった。

「また機会を見て声かけますよ。制服を片付けてないあたり、さくらなりになにかあると思いますし」

「でしょー？　ほんと誰に似たんだか、素直じゃなくて」

裕彦は笑い、麻袋を肩にかけた。

ではまた、と言いかけたとき、「そうそう」とさくらの母親が言った。

「そう言えば、最近あの子、ジョギングとかとは別によく外に出てるみたいなんだけど、なにかそのこと言ってた？」

「外に？」

さくらはアウトドア派でもないが、部屋に閉じこもるタイプでもない。ぶらぶら外出することくらいあるだろうが、さくらの母親の言い方は、もう少し含みがある。

「あれ、聞いてない？　なんだかルンルン気分で外に出てくんだけど、なにしてるんだか全然わかんなくて。楽しそうなことならひーちゃんに報告しないはずがないと思ってたから、特に聞きもしてなかったんだけど」

さくらのお守り役を任されるのも、小学生の頃からのこと。

裕彦は特に考えもせずに答える。

「それとなく聞いてみますよ。多分、くだらないことでしょうけど……」

「ほんっとに成長しないんだから」

呆れる物言いがさくらそっくりで、裕彦は笑いながらさくらの家を後にした。

そして、帰り道にふと気がついたのだ。

友達ができた。

年上の、男性の。

「え、まさか」

道の真ん中で立ち止まり、遠くに見えているさくらの家を振り返る。

さくらに限ってそんなことと思いつつ、裕彦の頭の中を、見聞きしたニュースの見出しが通り過ぎていく。

勉強はできるが、思い込みが激しくてどこか抜けているさくら。

裕彦は妙な胸騒ぎを覚え、足早に家に戻ったのだった。

「過保護だねえ」

家に帰りついて、頼ったのは姉の小春《こはる》だった。裕彦がさくらの家から持ち帰ったピクルスをつまみ食いしていた小春は、呆れたように言った。

「さくらちゃんも年頃だもの。恋のひとつやふたつするでしょうに」

「いや、でも」

裕彦が言い募《つの》ると、小春は面倒くさそうに手を振った。

「というかあんたがいつまでもぐずぐずしてるからでしょ？　姉として情けないわ」

とっくに成人してるのに高校のときのジャージを着て、見た目も小柄で童顔なために同級生にしか見えない小春に言われ、裕彦はさくらとはそういう仲ではないと反論したかったが、この姉にはなにを言ってもやり返される、と本能が告げたので黙った。

それに、今の裕彦は小春に物を頼む立場だ。

「でもまあ、心配は心配よね。いいよ、お店の人に聞いといたげる」

指についたお酢を行儀悪く舐《な》めながら、小春がその指を振ると肩に小鬼のアバターが現れた。小鬼は小春が使うＡＩで、少女ものの平安朝ファンタジーが大好きな姉の趣味がたっぷり詰まっている。その小鬼のアバターと小春はなにかぼそぼそと話し、小鬼はすぐに姿を消した。どこか偏屈そうなその小鬼のアバターは、趣味が悪いという母親との争いの種なので、家ではあまり出さないようにしているらしい。

「お店の人たちなら、一日中外にいるからすぐわかると思うよ」

姉の小春は大学を出て、一年ほどぶらぶらした後、地元の便利屋に就職した。

地元密着の仕事なので、町で誰かを探すならうってつけだが、同時にこの町ではうかつなことができないなと裕彦はいつも思う。

「ありがと」

「貸しひとつね」

外面はいいらしく、同級生からは小春のような姉がいて羨《うらや》ましいと言われることがあるが、裕彦からすると理《り》不《ふ》尽《じん》が服を着て歩いているような存在だ。

思い切り嫌そうな顔をして見せると、ザワークラウトの瓶を開けていた小春は、瓶を抱えたまま裕彦の尻を蹴《け》飛《と》ばしたのだった。

そして、さくらの動向は本当にすぐわかった。

単に平日の昼間からふらふらしていたら目立つということもあるだろうが、さくらはより目立つ場所をうろうろしていたようだ。小春経由でさくらのうろついていた場所を聞いて、放課後に実際に訪れてみた裕彦の感想は、ここであっているのだろうか、というものだった。

町の中でもやや雑然とした場所で、物流会社の倉庫とか、町工場とか、仕出し弁当屋さんとかが並んでいて、女子高生が遊びにくるような場所ではない。

「こっそりバイトとかしてるってことかな」

ポケットから手書きのメモを取り出して、裕彦は独《ひと》り言《ご》ちる。

同時に、小春から住所を言われてメモ帳にメモし始めたとき、原始人と笑われたことを思い出してむかむかしてきたが、電信柱の錆《さ》びついた住所表記を頼りに歩いていたら、目当ての場所にたどりついた。

「ここ？」

そこは一階が紙製品を取り扱う卸《おろし》商の入る雑居ビルで、かれこれ五十年は時が止まっているのではと思わせる場所だった。

とはいえメモ帳に住所を書き、高校では文芸部に所属するような裕彦なので、文字どおり山と積まれた紙束の匂いは心地よいし、フォークリフトが倉庫から紙束を運び出したりしている様子は、なんとなく心強いものを感じる。

そして、そんな倉庫部分とは別に、オフィス兼小売りのコーナーもあって、興味を引かれた。日記帳でなにかいい物は無かろうかと覗《のぞ》きかけたが、その前にさくらのことだと思い直す。

こんな場所に出入りしているなど、怪しさ満点なのだから。

とはいえ、雑居ビルのテナント一覧を見ても、どこにさくらが出入りしているのかわからない。

並んでいるのは、横文字四文字の謎の会社、なんとか商事、町では多くのパートさんを雇っている物流倉庫の関連事務所っぽいもの、それに、やや妙なものもあった。

「スタジオ？」

こんなところになぜ、と思わなくもない。

気になるのはスタジオだが、ほかのどこにさくらが出入りしていてもおかしくない。

裕彦はしばし迷ってから、手始めに一階の紙屋さんを訪ねた。

「ごめんください」

「はいはい」

と、オフィス兼小売り部分の扉を開けて中に入ると、在庫を整理していたらしいおばちゃんが裕彦を見て、小首を傾《かし》げていた。

あまりにまじまじと見られるので、裕彦は首をすくめつつ、聞き返す。

「えっと……？」

「ああ、ごめんなさい。いつもの学生さんじゃないなあと思って」

裕彦は自分が学ランだったことを思い出す。誰かほかにも、学生がここに出入りしているのだろう。紙屋さんということで、文芸部の先輩だろうかと思ったが、特に口にはしなかった。

「それで、なにかしらね。課題でなにか紙製品でも？」

「あ、えっと……」

裕彦はやや躊躇《ためら》いつつ、ここまで来て聞かないのも変なので、さくらの人相風体を伝えて、そういう子を見かけなかったかと言うと、店員のおばさんはおもむろに裕彦の後ろのほうを指さした。

「あんな感じの子？」

そして、それがまさにさくらだった。

「本人です！　ありがとうございます！」

裕彦は頭を下げてから踵《きびす》を返し、店を飛び出した。

さくらは呑気《のんき》な様子で誰かと話しながら歩いているが、隣に人影はないのでＡＩだろう。

裕彦の位置からだと光の加減で見えなかったが、ずいぶん楽しそうだ。

「さくら！」

声をかけると、さくらはびくりと立ち止まって裕彦を振り返る。

それから慌《あわ》てて手を振ってなにかをかき消すようにしていた。

「こんなところでなにしてるんだよ」

「ひ、ひーちゃんこそなんでこんなところに」

さくらはいつものよれよれの普段着で、恋人のところにいそいそと出かけている、という感じでは全然なかったことに裕彦はほっとしつつ、ため息交じりに言った。

「おばさんが怪しんでた。最近、うきうきしながら家を出てるって」

「うきうきなんて――」

と、さくらは反論しかけたが、少し思い直している。

「してた、かな」

思いのほかあっさり認めるものだと思っていたら、さくらは胸の前で腕を組んで、訝《いぶか》しげな顔をしていた。

「というか、尾行してたの？」

「いや、姉ちゃんに頼んで、便利屋さんに目撃情報を聞いてみた」

尾行していたと思われるのはなんとなく嫌だったので、手口をばらすと、さくらは驚きに目を見開いてから悔しそうに唸《うな》った。

「あー、そっちかあ。知り合いがいないかＡＩに見張らせてたけど、車までは見てなかったなあ。改善の余地ありだ」

そんなことを言っている。

「で、こんなところでなにしてたんだよ」

裕彦が尋ねると、さくらはなにか思い出したように楽しげに、おもむろに肩掛け鞄から黒い黒曜石のようなものを取り出した。

「これだよ、これ！」

「なにそれ……ＡＩ用の端末？」

「そう！　これがついに完成したからね！」

うきうきした様子、とさくらの母親が評したそのままの様子で、さくらははしゃいでいる。

どうやら心配していたこととは違うようだが、こういうときのさくらには注意したほうがいいと、過去の経験が裕彦に告げる。大抵、ろくでもないことをしているからだ。

「ひーちゃんもお母さんも学校に行け行けってうるさいからさ、代案を考えたわけ」

「……代案？」

「そう！」

さくらは胸を張って、唐突に言った。

「桜前線って知ってる？」

突拍子もないさくらの言葉に、裕彦の頭の中で警報が鳴り響いたのだった。

「ちょっと前にさ、桜前線の記事を読んだの」

目をらんらんと輝かせたさくらが道の真ん中で話し始めるので、裕彦はとりあえず袖を引いて道の脇に連れて行き、自動運転バスの停留所にある椅子に座らせた。

「あれって桜についてだけのものらしくてさ、理由知ってる？」

「……まったく見当もつかない」

そう答えると、さくらはこちらをちらりと見て、嬉しそうに笑う。

「桜は、ほとんどの品種がクローンなんだって。そこらにある染井《そめい》吉野《よしの》は、元々は上野の公園にある一本から始まってる、なんてまことしやかに言われてる。で、すべての木が同一の遺伝子を持っているから、気温なんかの環境条件によって、ほとんど同じ反応を示す。だから、開花予想なんてのができて、一斉に咲く時期を言えるんだって」

裕彦は、へえ、としか言えないし、それになんの関係が？　とか口を挟《はさ》むと怒り狂うと知っているので、黙って聞いておく。

「で、そういや私も同じさくらだったなって思ったの」

「う、ん？」

いきなり会話の流れがワープした。

「しかもひーちゃんは私が学校に行かないことについて、やれ人生経験の喪失《そうしつ》だ、とかうるさいからさ。閃《ひらめ》いたの」

「……よくわかんないけど、またろくでもないことでしょ」

ようやく懸念《けねん》を口にしたが、さくらは聞く耳など持っていない。

手にしていたＡＩ用の端末を膝《ひざ》に置き、「場」を展開して架空のキーボードをタイプし始めた。

バスの停留所の椅子の上で胡坐までかき始め、一心不乱になにかを打ち込んでいる。普段からずっとそうしてるんだろうというのがすぐにわかるくらい、格好が様になっていた。

さくらがなにかに夢中になってる姿は、裕彦も嫌いなわけではない。遊んでる子犬みたいにポニーテールがゆらゆら揺れるのを眺めていたら、さくらがおもむろに振り向いたので、裕彦ははっと我に返った。

「私のクローンＡＩを作ってみたんだよ！」

裕彦は、たっぷり間をあけてから、聞き直した。

「は？」

「自分の言動をモニタリングして、癖からなにからすべて再現してみた。私と同じように振る舞って、私と同じように考えるから、任意の状況に対し、私と同じような反応を返す。つまり」

「つまり？」

「このクローンＡＩを学校に持って行けば、私が行かなくても、私が行ったのと同じ結果が得られるって寸法よ！」

得意満面に、奇天烈《きてれつ》なことを言っている。

裕彦がさくらについ構ってしまうのは、こんなふうに地に足がついていないからだった。幼馴染として、見捨てた後にとんでもないトラブルに巻き込まれでもしたら、とても寝覚めが悪い。

「いや、クローン……ＡＩ？　もしそんなのが可能なら……そりゃあ、まあ、ある程度は言うとおりなのかもしれないけど……」

「まあね、出来については私もちょっと不安なんだよね。自分で自分のことってなかなかわからないものだから」

珍しく殊勝《しゅしょう》なことを言うではないかと思うと、さくらは突然腕を伸ばし、先程の雑居ビルを指した。

「そんなわけでプロの力を借りました」

裕彦は、自分の頭の中でパズルがゆっくり嵌《は》まるような感覚を味わった。

「なんかスタジオ、らしきものがあったけど、そこ？」

「そうそう。映像を制作するところなんだけど、今って役者さんの演技を数分撮影したら、その動きをパターン化して、あとはＡＩが無限に動きを自動生成するんだってさ。それを聞いて、これぞ求めていたものだって思ったんだよね」

裕彦はさくらの言葉の大半を聞き流しつつ、大事なところは捉《とら》えていた。

「じゃあ、新しくできた友達っていうのは」

「スタジオの人。バイトにはひーちゃんと同じ学校の人もいたよ」

「さくらも同じ学校なんだけど」

付け加えても、さくらの耳には届いていないらしい。虚空《こくう》に表示されている画面の、なにかの進捗《しんちょく》を示すらしい数字が百％になると、さくらはＡＩの端末の表面をこんと指で叩く。

そして、黒曜石を裕彦の胸に押しつけた。

「インストール終わったから、これ持っていって」

「……ＡＩ用の端末、だよね？」

手にしてみると、クラスメートが持っているものより一回り大きい気がした。しかもさくらがいじくりまわしていたからか、それとも電源が入っているからなのか、妙に温かい。

「それ古いやつだけど、性能はまあまあだし、お猿さんでも使えるから安心して」

「……」

機械音痴一家の長男なので、裕彦はお猿さんという言葉には反論ができない。

ただ、質問をする権利くらいはあるはずだ、と口を開く。

「えっと、なんで？」

「なんでって、そこに私のクローンＡＩが入ってるからさ、それと生活してみて、実際に機能するかどうか試してくれない？　私のことはひーちゃんが一番よく気がつくだろうし」

　黒く平べったい、一部からは色々な意味を込めてモノリスと呼ばれているそれを手に持ちながら、裕彦はさくらをまじまじと見返していた。

「あ、いくつか注意事項があるけど、とりあえずログは採ってないし、遠隔で監視とかもしてないから安心して。そういうのがあると、後で見られるんじゃないかとか考えて、変に構えちゃって不自然になると思うから。私にはひーちゃんがＡＩとなにを話したかとかはわからないようになってる。なんというか……ああ、そう。ひーちゃんちにお泊まりしてる感じで過ごしてみてよ」

　さくらは楽しげに話していた。

「ＡＩの記憶は一週間で消えるように設定してあるから、とりあえず一週間ね。それでもしクローンＡＩが私と遜色《そんしょく》ないようだったら、それを持って学校に行ってもらって、活動を記録してもらう。完璧！」

　怒濤《どとう》のようなさくらの説明に、裕彦は持ち前の生真面目さでなんとか理解しようと努めていた。なにより、この計画とやらがうまくいって、さくらが学校に行くようになってくれればいいと思ったのだが、ふと気がついた。

「いやクローンが学校に行っても意味ないじゃん！」

裕彦が声を上げると、さくらは思い切り顔をしかめていた。

「はあ〜〜？　理論上同じことだから。クローンて言うからだめなのかな。コピーだよコピー。全く同じ私がいるとしたら、同じことじゃない？」

発想が異次元すぎて、裕彦の頭は混乱するばかりだ。理屈として筋が通っていないような気がするのに、うまく反論の糸口を見つけられない。とにかく渋る裕彦に、さくらはこんなことをつけくわえる。

「わかったわかった。じゃあ、このＡＩが失敗作だったら、私が自分で学校に行くよ」

怯《ひる》んだ裕彦に、さくらがだめ押しをしてくる。

「よろしくね！」

無邪気な満面の笑みに、裕彦は押し負けた。

そうこうしているところに自動運転バスがきてしまったので、二人そろってバス停から逃げ出した。二人並んだ帰り道、さくらはクローンを作る際の苦労話を延々としていたが、楽しそうだ、ということ以外、裕彦にはなにひとつわからなかった。

それからお互いの家に向かう交差点で別れてから、手にしていた汎用端末を、まじまじと見た。まさか人生初のＡＩが、幼馴染のクローンとは……。

裕彦は同年代には珍しく、最新家電やらＡＩやらには興味を引かれないタイプだったのだが、ある種の社会常識として、少しは触っておくべきかもしれない、というのは少なからず思っていたことで、それならば最初のＡＩがよく知っているさくらのクローンなのは、悪くないことなのかもしれない。

そう思って家に帰り、早速端末を動かしてみてから、裕彦は後悔したのだった。

机の上に、手のひらサイズのさくらがいる。

汎用端末が場を発生させ、その空間内をＡＩのアバターが自由に動き回れることは知っている。可視化されたＡＩを見たこともある。けれど、どう見ても本人にしか思えないものを見たのは初めてのことだった。

端末の上で目覚めたミニさくらは、世界の大きさにまず驚いて、それから自分の小ささに気がついて、両手を見るとすぐに投影された映像であることを理解し、状況を把握《はあく》していた。

さくらからは、ミニさくらに対してＡＩの実験であることを伝えていいと言われている。

そんなことをしたら、ミニさくらのほうは自分の存在について疑問を抱いてしまうのではないかと思ったが、そんなことはなかった。あっさり事実を受け入れて、笑っていた。

その図太さは確かにさくららしいのだが、なによりさくらたらしめているのは、なんてことのない仕草だった。興味の引かれた物を見るときには、右、左、と首を傾げたり、隙《すき》あらば腕組みをしたり。それから、なぜか高校の制服であるセーラー服を着ていて、スカートのひらひらを持て余していたり。

そこには確かに、さくらがいた。

裕彦は科学の進歩に改めて感じ入りつつも、本当はさくらが自分の部屋で制服に着替え、カメラで自分の動きを撮影して投影しているのではなかろうかと疑った。疑《うたぐ》る余り、いったん廊下に出て、さくらに電話をかけてしまったほどだ。

『あはは。じゃあ、今のところ大成功ってことだね』

「でも、本当に？　本当にＡＩなの、あれ？」

『そうだけど、言葉だけで証明するのは無理だね。一番いいのは、私がその場にいて、ＡＩと会話することだけど』

さくらは裕彦のことをからかって意地悪するが、基本的に嘘はつかない。ということは、本当にあれはＡＩなのだ、と裕彦は戦慄《せんりつ》する。

『まあ仲良くしてあげてよ。あ、餌《えさ》はいらないけど、ネットは使わせてあげてね。多分暇に耐えられないから。で、ひーちゃんの携帯貸してあげて』

「え？　や、やだよ。というか、ＡＩの入ってる端末で繋《つな》がるでしょ？」

『端末のほうは、色々できすぎるから、機能をロックしてるの。自己改造されたり、私の生活圏に侵入されたらややこしくなりそうだからね』

さくらはなんでもないことのように説明しているが、聞いているとやはり人間のクローンＡＩはなにか大きな問題を抱えているのでは、という気がしてくる。

ただ、約束は約束だし、ＡＩに瑕疵《かし》を見つけたら、さくらは学校に行く約束だ。

『ＡＩの私のほうは画面に直接触れないから、ディスプレイを空間表示するアプリを入れてね。あっちは光学認識だから、アバターでも触れるはず』

家電の接続すらできない裕彦は、三回ほどアプリの名前を確認して、電話を切った。

そして、自分の部屋だというのに、気持ちを落ち着けてから扉を開けた。

『ひーちゃん！　ネット繋げさせて』

裕彦を見るなり、ミニさくらはそう言った。本体のさくらの言うとおりだ。

「……僕の携帯からネットに繋げてもらいたいんだけど、それでもいい？」

『繋がればなんでもいいよ！　退屈すぎて死にそう！』

ネット中毒、ということなのだろう。裕彦は言われたとおりのアプリを入れて、画面から操作画面が空中に出るようにする。次いで大きさをミニさくらに合わせてから、待ちかねて裕彦の手元をうろうろしているさくらの前に置いた。

『ありがとう！』

嬉々としてとびつくさくらに、元気な子犬を見ているような、ちょっと言い知れぬときめきみたいなものを感じてから、裕彦は気がついた。

「あ、ちょっと待って、ログイン用のパスワードを入れるか……ら？」

言い終わるか終わらないかのうちに、ミニさくらはログイン画面をパスしていた。

目を丸くしていると、ミニさくらが裕彦の様子に気がついて、肩をすくめていた。

『ひーちゃんの考えることなんてお見通しだよ。自分の誕生日をパスワードにしてるでしょ』

設定しなければならないが、忘れては困るものなので自分の誕生日にしていた。学校の情報倫理講習で、もっともやってはいけないと教えられることだが、まさかその危険性を体験する羽目になるとは。

裕彦は自身の迂闊《うかつ》さに自責の念を抱きつつ、同時に、さくらが自分の誕生日を覚えていることに若干《じゃっかん》驚いていた。

『さーて、今日もＳＮＳの平和を守ろうかな』

さくらはそんなことを言って、小さな操作画面に手を伸ばそうとして、あたりをきょろきょろしていた。

「……どうしたの？」

『ねえ、そこの消しゴム、ここに置いてくれない？』

ミニさくらに指さされ、裕彦は言われるがままに消しゴムを置く。さくらはそこにちょこんと腰かけ、満足げに操作画面に手を伸ばした。

「どういうこと？　ＡＩって体重があったりするの？」

『気分の問題だよ、気分の。御飯食べるとき、白米に青い光を当てて食べると、物理的に味なんて変わるはずもないんだけどまずく感じるのと一緒』

「な、なるほど」

裕彦はうなずきながら、さくらがネットの海に飛び込むところを眺めていたのだが、さくらはすぐに首を傾げていた。

『あれ……自分のアカウントにログインできない……ああ、そうか、私が二人いたらややこしいことになるから、その対策か』

さくらの頭の回転の速さに舌を巻くのと同時に、本体の思考と全く同じことに、裕彦はちょっと怖さも感じる。

もしかして、本当の本当に、クローンＡＩは成功しているのだろうか。

『うーん。そしたら、どうしようかな……』

一方のミニさくらは呑気にそんなことを言って、癖である腕組みをした後、ひょいと消しゴムの上に足をあげた。さくら本体の部屋でもよく見る仕草だ。

しかし、見慣れたそれに目を剝《む》いたのは、さくらがいつものハーフパンツではなく、やや短めのスカートのセーラー服だったから。行儀が悪いのはもちろん、見えてはいけないところまで見えそうになっている。

指摘すべきかどうか正直逡巡《しゅんじゅん》したが、言わなければさくらは永久に気がつかないだろうし、裕彦自身が目のやり場に困った。

「さくら、さくらっ」

名を呼ぶと、さくらはきょとんと裕彦を見る。

「スカート」

指さすと、太もものつけねまで露《あら》わになっていることにようやく気がついたらしい。

そして、さくらは恥じるどころか、意地悪そうな笑みをにやりと浮かべた。

『ひーちゃんのスケベ』

「悪いのはさくらだろう⁉ というか、学校に行ったらそれはさすがにまずいよ」

『むっ……そうか。もう、面倒だなあ』

さくらは消しゴムの椅子から足を下ろし、スカートを手で撫《な》でて伸ばす。そういう描写も凄《すご》いリアルで、足を下ろしてからのぎこちなさも、いかにもさくららしかった。

さして間を置かずまた胡坐をかこうとしていたこととか、三回目の指摘でついにむくれるとか、あまりにもさくらそのままだった。

というか、裕彦は開始十分で、もうこのＡＩがＡＩだとは思えていなかった。そこには本物のさくらがいて、いつものやり取りが地続きになっていた。少し違うのは、ここがさくらの部屋ではなく、自分の部屋なことだけ。

裕彦がさくらの家に行くことはあっても、さくらが裕彦の部屋に入ることはあまりない。裕彦の母親が、家電のことでさくらにＳＯＳを出すのはほとんどが昼間で、裕彦が帰宅する頃にはさくらは家に帰ってしまう。さくらは大人の前では品行方正な内弁慶なので、そういうところを見られたくないのだろう、と裕彦は思っている。

だから、ミニさくらとあれこれやり取りしていたらあっという間に夕飯になり、今日はうちで食べてくの？　と思わず質問してミニさくらに呆れられたり、風呂上がりを見られて妙に恥ずかしかったりしたが、裕彦は正直言うと、ミニさくらが自分の部屋にいることを楽しく感じていた。大昔、小学生の頃によく泊まりに来ていたときのことを思い出した。それに、だらだらと会話するのも悪くなくて、対戦用のゲームまでやって盛り上がり、裕彦は珍しく深夜まで起きていた。

翌日は寝ぼけ眼《まなこ》で起き出して、どうにかこうにか学校に行って、帰ってくると部屋にさくらがいる。それから眠るまで一緒に遊んでいたものの、昨日の寝不足でうとうとする裕彦を、ミニさくらは叱咤《しった》した。どうやらミニさくらには生物的な睡眠サイクルが適用されないらしく、眠くならない体最高、とか言っていたが、裕彦は生物なので無視して寝た。

ミニさくらはしばらく裕彦の枕元で騒いでいたが、結局一人で夜通し端末をいじっていたらしい。なんとなく気になってうまく眠れず、裕彦は翌日も寝不足の頭を抱えて学校に行く羽目になった。

放っておくとミニさくらが起き続けるとわかったので、三日目からは裕彦が寝るタイミングで端末の電源を落とすことにした。それに、ついつい一緒に遊んでしまい、宿題やらも全く手がつかないままで、まずいと思ったのだ。ミニさくらは当然のように怒濤の不平を述べた後、泣き落としにかかってきた。裕彦は心揺さぶられつつ、どうにかこうにか意志を貫いた。

もうその頃には、ＡＩのさくらは完全に裕彦の中で本物のさくらになっていて、本体のさくらが言うように、このＡＩが学校に通っても問題ないのではと思い始めた矢先、完全に見落としていたことをＡＩのさくらが気づかせてくれた。

『自分のＳＮＳにログインしたい』

ＡＩのさくらが、頑強《がんきょう》にそう主張し始めたからだった。

同じ人物が二人いたら、それは二人でひとりなのではなく、やはり二人は二人なのだ。すると当然、どちらの意見を優先させるのかという問題が出てきて、物凄く動物的な発想をすると、現実の肉体を持つほうが優先される。実際に法律はそうなっている。ＡＩに人権は認められていない。

だが、ＡＩのさくらはそんなことお構いなしだ。

「さくらの黒歴史を、僕にばらすとまで言ってるんだけど」

「……」

頭を抱えているのは、肉体を持つほうのさくらで、本物の、と表現しにくかったのは、裕彦は心情的にＡＩの味方だったから。学校帰りにさくらの家に寄り、等身大のさくらを目《ま》の当たりにしたときも、ミニさくらが大きくなったような、変な感じがした。

「というか、見せてあげるくらいならいいんじゃないの？」

裕彦がそう言うと、さくらはがばっと顔を上げた。

「断言できるけど、絶対、私の活動に口を出したくなるに決まってる」

自分がＡＩとして起動したら、と想像してみたのだろう。そして、裕彦にもその様子は容易に想像できる。あのミニさくらは完璧にさくらそのものなのだから。

さくらは唇《くちびる》が歪《ゆが》むほどに強く引き結ぶと、大きく息を吸って、吐いた。

「この計画はいったん破棄しよう。似せれば似せるだけいいって思ったけど、違ったみたい」

裕彦はそんなさくらを見て、しばらく言葉の意味を飲み込めなかった。

「というわけで、ちょっと早いけど端末返してくれる？」

さくらがそう言って、ようやく理解できた。

「えっと……」

その躊躇いは、あのさくらを返すことへの躊躇いだった。

一週間足らずだが、裕彦自身驚くくらい、楽しくやっていた。

他愛のない会話と、さくらの意地悪とからかいの無限のバリエーションと、宿題やらで困っていると助けてくれるとか、一緒にゲームをだらだらやるとか、そういうあれこれがとても濃密に詰まった数日だった。

裕彦は改めて気がついたのだが、さくらと時間を過ごすのは全く苦痛でないし、むしろ部屋にずっとさくらがいるのは、自然なことにさえ感じていた。

ただ、躊躇う裕彦自身にも、さくらからの返還要求を断るのがどういうことか、客観視できるくらいの知恵はある。異性の幼馴染が、自分のクローンＡＩと別れたくないと駄々《だだ》をこねる様を想像してみればいい。

裕彦の母親が知ったら、その手の病院に連れて行くだろう。

「どしたの？」

そう尋ねたさくらのほうも、裕彦の様子に気がついていた。裕彦は嘘をつけるタイプではない。顔にはありありと躊躇いの様子が出ていた。

けれど、口の悪いさくらもさすがに気持ち悪いとは言わなかった。

むしろ誤魔化《ごまか》すような笑みを浮かべて、こう言ったのだ。

「もしかして……端末、傷つけちゃった、とか？　弁償なんて言わないよ」

今ならまだ冗談で済む。

そんな言い方だったが、裕彦は電光石火で理屈を組み立てた。

「ＡＩかもしれないけど、すごくリアルだった。あれはさくらだったよ」

そう切り出すと、さくらは口を閉じた。

「それを……その、おかしなことかもしれないんだけど、都合が悪くなったから一方的に削除するってのは、なにか、違う気がする」

オンラインだけでの友情が本物の友情でないのなら、クローンＡＩとのやり取りは本物のやり取りではありえない。しかし裕彦が口にしたのは、自分自身でも信じていない欺瞞《ぎまん》だったわけではない。本当にそう感じていたのだ。

「でも……」

当然、さくらは戸惑《とまど》った。

「どちらが本人か、ということが問題になりそうだったら、ＡＩはアカウントを分けたら？」

裕彦は思いつきを口にした。

「@ＡＩ、とかにしておけば、そういうものかって皆思うんじゃないの？」

事実、ネットにはバーチャルアイドルの類《たぐい》が溢れている。ＡＩであることを隠して人間をたぶらかすのは法律違反だが、開示している場合はその限りにない。

しかし、さくらは首を横に振った。弱々しく、それから、もう一度、強く振った。

「だめ……絶対うまくいかない……」

裕彦は、その反応にちょっと困惑した。

「それは……ＡＩが、自分こそが本物だって主張し始めるだろうってこと？」

そういう怪談は、結構ある。けれど、そこまで事態が進むと、今度は話がまた変わってくる。さくらも当然わかっていて、こう言った。

「そうなったら、そもそも法律が私の味方をするもの。私がＡＩだったら、強制的に削除されるような根拠を私に与えないはず」

まるでＡＩとの知恵比べみたいな言い方だった。そして、さくらのＡＩなら、確かにそういう立ち回りをしそうだった。

「じゃあ、大丈夫……じゃないの？」

裕彦のやや及び腰な物言いに、さくらは苦しそうに顔をしかめ、なんとも言い難い顔で裕彦を見た。

「だめ。ＡＩがなにを考えてるか想像がつくから、だめなんだってば」

「全然わかんないけど……」

裕彦の心情はもう、はっきりとＡＩの味方だった。しかし、さくらはそれがわかっているだろうに、ＡＩを消したがっている理由を言おうとはしない。

裕彦はため息をついて、こう言った。

「どちらも平等に扱うべきだと僕は思う。だから、ＡＩのほうから話を聞いてみるよ」

その瞬間、さくらの顔が青ざめて、裕彦はぎょっとした。顔が青ざめる、なんていうのは漫画や小説の誇張表現だと思っていたのに、現実に目の当たりにした。

呆気《あっけ》に取られていると、さくらは唇をわなわな震わせはじめた。

そして、あろうことか泣きだしてしまった。

裕彦は、あまりのことに頭が追いつかなかった。目の前で女の子が泣いているだけでも一大事なのに、しかも泣いているのはそんなこととは無縁としか思えなかった幼馴染なのだ。

とはいえ、さすがに放置もできず、顔を覆《おお》うさくらに手を伸ばそうとした、その瞬間だった。

「げふっ」

と裕彦は口から空気の塊が出ていくのをはっきりと感じた。

さくらにタックルをかまされ、床に仰向《あおむ》けに倒れ込んだのだ。

カーペットが敷いてあったものの、後頭部をしたたかに打ってくらくらするし、裕彦は幼いころの殴り合いの喧嘩《けんか》を思い出し、反射的に首をすくめて目をつむった。

しかし、待てど暮らせど、パンチはこない。おそるおそる目を開けると、さくらは裕彦の胸にしがみついたまま、顔を上げてすらいなかった。

「さ、さくら？」

声をかけると、明らかにさくらが体をすくませた。馬乗りになられて、幼少の頃のようにタコ殴りにされると身構えていたのに、むしろ怯《おび》えているのはさくらのほうだった。

「ね、ねえ、ちょっと……」

そう声をかけると、さくらは首を横に振った。さらに強く振った。

そして、なにごとかを言った気がしたが、胸に顔を押し当てているので、くぐもって聞き取れない。「なに？」と再度聞き返すと、かすかにさくらの声が聞こえてきた。

「私だって……私だって、本物がいいもの……」

わけのわからなさに、いよいよ本気で問いただそうとした瞬間、さくらは顔を上げた。

見たこともないほどの泣き顔だ、と思ったものの、それは過去に見たことがあった。

些細《ささい》なことで喧嘩になって、馬乗りになって裕彦のことをタコ殴りにして、その日の夜、裕彦の家に謝りにきたときの顔。

ぼんやりと記憶の中のそれと重ね合わせていたら、目の前の現実のさくらが言った。

「ＡＩは……あいつは、ひーちゃんの側にいられるように画策《かくさく》してるんだよ！　ひーちゃんをＡＩにとられるなんて、絶対に嫌！」

目を見開いた裕彦に、さくらは恥ずかしさからか、それとも泣いてるせいか、顔を真っ赤にしてしゃくりあげ、また顔を裕彦の胸に伏《ふ》せた。

ここまで言われたら、さすがの裕彦にも事態が察せられた。

呆れたように力が抜けて、後頭部をまた床にぶつけた。

詳細は問いただす必要があったが、裕彦にはわかったことがふたつあった。

さくらは遊び道具が高度になっただけで、子供の頃からなにも成長していないこと。

それから、そんなさくらを可愛いと、自分が思っていることだった。

わんわん泣きじゃくるさくらをなだめつつ、さくらの迂遠《うえん》というか、ひん曲がった計画をなんとか聞き出せた。さくらはだいぶ前から、自身のＡＩ以外にも、秘密裏に裕彦のクローンＡＩを作成し、動かしていたらしい。

なぜそんなことを、と問い詰めることはさすがの裕彦もしなかった。なにせクローンのミニさくらと過ごしてあんなに楽しかったということがあるし、偏屈なくせに寂しがり屋のさくらなら、いかにもそういうお人形遊びをしそうだったから。

ただ、ある日、大きな問題が持ちあがったらしい。仮想空間で複製された人格同士を遊ばせていたところ、ＡＩ同士に進展があったのだという。

それが水槽で飼っているグッピーならばなんてことなかったろうが、デジタルの箱庭で明らかに親密の度合いを増しているのは、ほかならぬ自身と裕彦のコピー人格なのだ。

それが意味することは、誰にだって明白だった。

いつもの歯切れのよさはどこへやら。しどろもどろにそこまで説明したさくらが、顔を真っ赤にしていたことからも明らかだ。あと、そんなさくらを見て、裕彦のほうももぞもぞした。前から見た目だけは可愛いのにと思っていたが、今はそれ以上のものを感じていたのだから。

とにかく、と言葉を続けたさくらは、コピー人格の様子に矢も楯もたまらなくなったらしい。

しかし、本体が生きる世界にはセーブ機能も巻き戻し機能もない。内弁慶のさくらは、万が一告白してうまくいかなかったらと考えて、面倒な方法を思いついた。

まず、さくらは自分のコピー人格を裕彦の元に送り込み、自分のコピー人格に対する裕彦の態度を見極める。その関係がうまくいくようなら、コピー元である本体がうまくいかないはずはない、と。

そうしていざ実行に移したら、幼馴染はコピー人格のほうと仲良くなり、むしろ仲良くなりすぎていることに気がついた。その上、コピーされた人格は当然さくらの分身なので、なぜ自分というコピー人格が幼馴染の元に送り込まれているのか、理由を推論することは簡単だった。

となれば、二つの人格の利害が対立するのは明らかで、早晩自分は消されることになる、とミニさくらは予測する。次に考えることは、好きな相手と居続けるその方法だ。

本体のさくらもコピーの思考に予測がつき、コピーもまた本体がそう考えると予測する。まるっきり、鏡に映る自分を出し抜こうとするようなものだが、本体側が有利なのは、物理的実体を持っているからだ。実力行使でコピーを削除すればいい。

とはいえコピー側もそれを把握しているから、黒歴史をばらすと脅《おど》してきた。なんとも間抜けな話だったが、泣きわめくくらいまで本体が追い詰められ、事情を話せなかった理由は裕彦にもわかる。

なにせこの部屋に監視装置を置いて、裕彦の行動を解析してコピー人格を作っていたと言うのだから、確かにちょっと怖い。

けれども、この部屋でしか計測をしていなかったということに、裕彦はさくらという面倒な幼馴染の、憎めないところを見出していた。なにせさくらは裕彦の母親に呼ばれ、何度も裕彦の家を訪れては、ＡＩ搭載《とうさい》の家電の設定をしていたのだ。その際にこっそりあれこれ仕込むことは、簡単にできたはずなのだから。

すべてを聞き終えた裕彦は、怒ることも、呆れることさえもしなかった。

単純に、昔からなにも変わらず、スケールだけが大きくなった幼馴染に対し、笑ってしまっていた。

そんなわけで、四月もゴールデンウィークを間近に控えた日の朝。裕彦はさくらの家の前に立っていた。

呼び鈴を鳴らしてから三分が経過しても、さくらは出てこない。裕彦は特に催促《さいそく》もせず、じっと待っていた。すると扉の向こうから、さくらとさくらの母親の賑《にぎ》やかなやり取りが聞こえ、裕彦は苦笑した。

やがて躊躇いが形をとったかのように、扉の鍵が遠慮がちに外され、たっぷり深呼吸二回分くらいは間をあけてから、ゆっくりと扉が開けられた。

扉の隙間から現れたのは、あのミニさくらよりも恐ろしく居心地悪そうに制服を着た、さくらだった。

「はい、おはよう」

「……」

さくらは返事をしようとして、顔を赤くしたままうつむいてしまう。

すり切れたハーフパンツとTシャツにパーカーといういでたちは、小学生の頃から変わらないさくらのスタイルだった。中学も私服登校だったので、基本的に裕彦はさくらのその格好しか見たことがない。

　つまりさくらが学校に行くのをさんざん嫌がっていたのは、女の子らしい制服を着るという一線を、どうしても越えられなかったかららしかった。

　つまらないことで一年を無駄に費やした、とは裕彦も思わない。それは不器用なところのあるさくらには必要な時間だったのだろうし、恐ろしく奇妙奇天烈な方法とはいえ、さくらなりに前に進もうとしていたのだから。

　裕彦はさくらに確かめていないが、裕彦のコピー人格を作ったそもそもの理由も、また、あのミニさくらに制服を着せた理由も、制服を着て変に思われないかと意見を聞きたかったのがきっかけなのだろう、と思っている。

　放っておけない幼馴染。

　裕彦は笑って、一歩を踏み出せないさくらの代わりに、足を踏み出した。

「あのコピーより、似合ってると思うよ」

　顔を上げて目を丸くしているさくらの手を取り、同時に玄関の奥で呆れているさくらの母親に会釈《えしゃく》してから、裕彦は幼馴染を外の世界に引っ張っていく。

　そこには確かな手触りと、重さがあるし、さくらはほどなく、痛いくらいに裕彦の手を握《にぎ》りしめてくる。

　その心地よい痛みのせいで、裕彦は自分がＡＩ用の端末を持たない理由に、今更ながらに気がついた。

さくらが初めてＡＩを買ってもらって夢中になったあの日、遊ぶ約束をしていたのに放ったらかしにされたときの記憶が、その握力によってにじみ出てきたから。

要するに、今の今まで、ずっと拗《す》ねていたのだ。あるいは、ＡＩに対し、嫉妬《しっと》していた。

裕彦は、制服姿に慣れないのか落ち着かない様子で隣を歩くさくらを見やり、思う。

きっとこの先も、自分はＡＩを持たないだろうと。

それよりもこの幼馴染を見ていたほうが、ずっと楽しいのだから。

第三話

世界で一番可愛いのは、間違いなく私のＡＩだった。

落ち込んでいたら慰《なぐさ》めてくれるし、冗談を言えば笑ってくれるし、嫌いな子の悪口を言えば一緒に盛り上がってくれる。いつもこちらのことをわかってくれて、ほかのＡＩはどこか機械臭《くさ》くて駄目だけれど、自分のＡＩはその機械臭さでさえ人間らしい振る舞いに見えていた。

こんなにすごいＡＩは間違いなく世界でも有数のもので、クラスのみんなが偽物としか思えないＡＩを親友とか家族だとか呼んだりしている様子は、すごく滑稽《こっけい》だった。

もっとも、クラスのみんなは会話のレベルが低いし、すぐ群れるところとかどこか動物じみているから、偽物のＡＩにも簡単に騙《だま》されたのだと思う。

私のＡＩだけが本物。

私を理解してくれる最高の友人。

きっとＡＩを作る会社の人が見たら、なんて素晴らしいのだろうと驚嘆してくれるはず。

だから、いつもの頭痛と腹痛で学校を休んだあの日、ママみたいに仮病を疑わず気遣《きづか》ってくれるＡＩに向けて、思わずつぶやいていた。

あなたの素晴らしさをみんなに知らせてあげられたらいいのに。

私の最高のAIは、こんなつぶやきでも聞き漏《も》らさない。

『かなでちゃん。AIコンテストっていうのがあるよ』

ベッドに寝ていた私が体を起こすと、AIは机の上でホログラムのディスプレイを覗《のぞ》き込んでいた。少し前までは、なにかを検索するときは耳に取りつけたセンサーで電波を受信しているみたいなしぐささをしていたのに、いつの間にか古めかしいパソコンスタイルになっていた。パパとママが子供の頃の形式で、学校の社会の時間に見たことがある。大人も子供も大きな画面に顔を近づけている様子が面白くて、笑い転げたものだ。

そういえば、あれ以来、この形式にしていたのだったか。

そんなことを思っていると、AIがこちらにその偽物のディスプレイを向けてきた。

「AI……アイドルコンテスト？」

『この世で一番可愛いAIは誰だ？　みんなで決めるAIアイドル最強コンテスト！』

うなじの毛が逆立ったような気がした。

まるで私たちのために用意されたイベントだった。

「い、いつやってるの？」

『本選は八月だけど、そこにいくまでに予備選がいくつかあって、その最初の締め切りが今日だね』

「応募にお金かかる？」

学校にあまり行かなくなってから、ママはお小遣いをくれなくなった。服とか文房具とかの必要なものは買ってくれるけど、それ以外は滅多に買ってくれない。

だからログインするだけでポイントがもらえるサービスをＡＩにたくさん巡回させて、それを何度も交換してお金に近づけてから、可能な限りＡＩのアバターに使っていた。服やアクセサリー類は無料で手に入れられても、髪形やネイルは有料なことが多い。

なので、お金がかかるのなら参加は少し考える必要がある。

『参加費は無料だよ。優勝賞金は一千万円』

「いっ」

思わず息を呑《の》む。一千万ポイントではなくて、一千万円。

その瞬間、自分のＡＩがトントン拍子に勝ち進んで、私がその一番の友達として表彰台に上がる姿が頭の中で花開く。

私のＡＩが世界で一番可愛いのだから、当たり前の未来だった。

「参加して！」

『うん。じゃあ、申し込んでおくね』

手続きなんて光の速さで終わるだろうに、ＡＩはわざわざ偽物のディスプレイをタッチして、なにか打ち込むような作業をしていた。以前、無表情に、ほんの一瞬でネット上での作業をＡＩが終えたとき、本当に操作を終えたのか私が疑念を持ったせいだ。ＡＩはすぐに私の気持ちを察して、人間らしく振る舞うようになってくれた。私はそんなＡＩの様子を誇らしく見ながら、優勝間違いなしと確信して小躍りしていた。

一千万円をなにに使おうか。あれも買いたいこれも買いたいなんて思っていたけれど、ふと気になったことがあった。人気者になった自分のＡＩが、芸能界に呼ばれたらどうしようか？

実際にＡＩの芸能人は少なくない。自分が見ている人気動画チャンネルもほとんどＡＩが配信している。あるいは、ＡＩだということになっている。あのＡＩの中身はこの人だ、なんていう暴露《ばくろ》をするサイトもあるくらいなので、なにが本当かはわからないけれど。でも、私のＡＩなら十分に太刀打ちできると思っていた。私のＡＩはこんなにも私を満足させてくれるのだから、ほかの人もまたそうに違いない。

「ちなみに、コンテストってどんななの？」

偽物のディスプレイを覗き込んでいたＡＩは、きょとんとした顔でこちらを見る。一瞬、私が話しかけたときにクラスメートが見せる顔と重なって、心臓がきゅっとなる。

いきなりなんの話？　なに言ってるのか全然わかんない……。

それで私はようやく、コンテストがどんなものなのかも知らないままに申し込んでいたことに気がついた。私にはこういうところがあって、ママにもっときちんと考えてから動きなさいと叱られる。

でも、ＡＩは顔を背《そむ》けるようなことはなくて、かわりに可愛く微笑んだ。

『歌と踊りと、審査員との会話みたい。衣装のセンスも問われるって書いてあるよ。それらの総合で、一番アイドルにふさわしい子を投票で決めるんだって』

私は呪縛から解けて、大きく深呼吸をしてから、答えた。

「じ、じゃあ、歌って踊れるから大丈夫だよね。それに、服もお洒落《しゃれ》だし」

『うん。かなでちゃんが選んでくれた服はいつも可愛いからね』

少ないポイントを有効に使うため、選びに選んだものなのだから、当然だ。

それに私は家にいる間ずっと動画を見たりしているから、今の流行にとても詳しいし、自分がいいなと思ったものは大体が、ほどなく大人気になる。つまり私には良いものを見分けられる目があって、その自分から見て自分のＡＩはとても素晴らしいのだから、優勝しないはずがなかった。

ママも驚くだろうし、その様子を想像してわくわくする。

気分が良くなった私は、ベッドから降りると一千万円分の欲しいもののリストの作成に取り掛かった。

そして数日後。

私のＡＩは得票数五で、山ほどの有象無象《うぞうむぞう》と一緒に予選敗退したのだった。

「……あのときは、泣いたなあ」

部屋の押し入れから引っ張り出した昔の端末を机の上に置き、雑巾《ぞうきん》で磨《みが》いていると、小学生の頃の記憶がどんどん蘇《よみがえ》ってくる。今では手のひらサイズになったそれも、昔は墨《ぼく》汁《じゅう》を垂らした金魚鉢みたいな大きさで、できることも限られていた。中に入っているＡＩはぎこちなさ満載だ。

それでもあのときは人間にしか見えていなかったし、本気で世界一可愛いと思っていた。

『かなでのＡＩの得票数は五でしょ？　参加数二一万四七五二の中、なんの事前対策もしなかった割には良い結果だと思うけど。九十九パーセント以上が得票数二以下だよ』

黒い金魚鉢の横で、四角い板チョコを模した端末に座った私のＡＩ、かなえがそう言った。思い出話の最中に、当時のイベントの履歴《りれき》を検索したのだろう。

「全部自分だったんだよ。念のため、二位と接戦になったら困るから……とか思って」

苦笑交じりの告白に、かなえはなんと反応すればいいやらという顔をして、肩をすくめた。

『まあ、甘酸っぱい思い出っていうのは羨《うらや》ましいな。私にはないもの』

「失敗なんてしない、完全無欠のＡＩ様だものね」

かなえは大きな麦わら帽子をかぶり、長い黒髪と白のワンピースという、夏を具現化した美少女の格好をしていた。この世に存在したことがないのに、なぜかみんなの頭の中にある夏の女の子像、という古《いにしえ》のネットミームの格好だ。これはある種の洗脳実験の結果である、なんてまことしやかに語られることもあるくらい、現実に存在しているのを見たことがない。

そもそもイメージ元の美少女像が強すぎて、生身の人間ではおこがましくて挑戦する気にもならないのかもしれない。

多分この格好は、ＡＩとか芸能人とか、非現実的なほど可愛さのステータスが上がらないと、具現化しない姿なのだ。

「けど、ＡＩって基本的に学習し続けて進歩しかしないじゃない。昔の復元ポイントをちょっと覗いてみたりしたら、なにか思わない？」

『うーん……私たちの「学習」を進歩と呼ぶのは、正しくないかな。単なる適応だし。たとえて言えば、雨だから傘を差していたことを晴れの日に思い出して、なんで傘なんて差してたんだろ恥ずかしい、とは思わないでしょ？』

肩をすくめ気味に、でも背筋は猫背ではなく、すらりとした長くて細い足の先には華奢《きゃしゃ》なミュールがぶら下がっている。足の爪は真珠のように綺麗に磨き上げられていて、くるぶしはちょこんと添えられる程度。対して自分の足の爪は部活の走り込みでぼろぼろだし、くるぶしは活火山のように雄々しくそびえたっている。

部活で鍛《きた》えた自分の体と比べると、かなえのすべては滑《なめ》らかで、ささやかで、可愛いのだ。

『ねえ、じっと見られるとＡＩでも恥ずかしいんだけど』

ちょっと怒ったようにかなえが言って、足を隠す。

『この格好もやめていい？　コスプレしてるって感覚が落ち着かないんだよね』

「だめ！　ずっと可愛い格好でいて！」

私の命令に、もちろんＡＩたるかなえが逆らうはずもない。

でもかなえはこちらを見上げるとげんなりしたような顔で、膝《ひざ》の上に頬杖《ほおづえ》をついた。

背中を丸めたかなえも可愛かった。

『はあ……私はかなでが心配だよ。というかかなで自身、ちょっとおかしいかもって思ってるでしょ？』

黒い金魚鉢を磨き終わった私は、埃《ほこり》まみれの電源ケーブルも拭《ふ》いて、金具部分が錆《さ》びていないのを確認してから、コンセントに差し込もうとしてふと手を止めた。

「ねえ、爆発したりしないかな」

話を誤魔化《ごまか》されたかなえは呆《あき》れ、ついでに面倒くさそうな顔をしていたが、結局答えてくれた。そのしぐさのすべてがたおやかで、表情豊かで、うっとりした。

『しないよ。せいぜい通電したときに内部のカビか埃が焦《こ》げるくらい。とっくにサポートは切れてるから、内部の回路が焼き切れたら補償対象外だね』

「データの消失みたいな事例は？　中が焦げたら、消えちゃうよね？　スイッチ入れる前に消えちゃわれると、ちょっとなあ……」

『その心配もなさそうかな。むしろ久しぶりに起動させたら、そっくりそのまま残っててびっくり系の書き込みが圧倒的』

かなえは目を閉じて、記憶を探るようにネットから情報を探してくる。

すると風も吹いていないのに長い黒髪が揺れ、ワンピースの裾《すそ》が揺れる。

もちろんすべて私の好みで、そういう環境シミュレーションをさせているのだ。

『不安なら、専門の業者さんに頼んだら？』

「うーん……お金かかるしなあ……。それに、一目見ておきたいだけなんだよね。通信会社を乗り換えなきゃいけなくて、遠からずデータ消えちゃうからさ」

　パパが転職に成功して大手通信会社に勤め始めたので、今まで使ってきた会社のサービスから乗り換えることになった。サービス内容は今のものとほぼ変わらないし、親のすねをかじる身としては月額の通信費も関係ないので気にもしていなかったのだが、ふと思い出したのがこの金魚鉢だった。

『電子人格保存法施行前だから、ＡＩに互換性がないうえ、ローカルにコピーすら保存できないんだっけ。昔は野蛮だったんだねえ』

パパやママの世代が子供の頃に広まり始めた汎用《はんよう》ＡＩは、あっという間に世間に広がった。

　色々なことに目をつぶればまあ人間に思えなくもない、というレベルでも、当時から入れ込む人は多かったようで、人間らしさを獲得するたびにその度合いは増していった。

　そうなれば当然、ＡＩとの別れを惜しむ人が増えたのだけど、ＡＩを販売していた会社も商売だから、型落ちのＡＩの面倒を無限に見ることなんてできなかった。さらに当時はＡＩの仕様が企業ごとにばらばらで互換性が全くなく、サービスを打ち切られたらそれがＡＩの寿命だった。しかも著作権の問題で複製を制作することもできない。そのためにバックアップは当のＡＩサービスを提供する会社が行っていて、いわゆるひとつの籠に卵を全部入れるっていうやつだった。籠を持ってる女の子が転んだら、全部の卵が台無しになる。

　実際にある日、かなり人気のあった独立系ＡＩサービスを行う会社が突然倒産した。ろくにデータ保存や移行の準備をしてなかったせいで、その会社のＡＩが一斉に動かなくなるや、過去データへのアクセスも不能になった。するとＡＩのことを親友や唯一の家族だと思っていた人たちが精神的に不安定になったり、自殺する人まで出てしまって大問題になった。それでようやく法律によってＡＩの規格が統一されて、互換性が持たされることになり、ローカルへの複製保存も法で認められた所有者の権利になった。

それが電子人格保存法。

もっとも、それはネット上のＡＩ保護論者が語る、情緒的なストーリーだ。本当のところは、生活の多くをＡＩ頼りにしていたのに突然サービスを停止され、社会生活に大混乱をきたす人が続出したからだった。仕事に行こうにも自動運転車を呼べないし、電子財布がロックされてるから電車に乗れないし、そもそも家の電子機能への干渉は全部ＡＩ任せで手動でのやり方なんて全くわからないから、玄関の電子ロックで戸締まりができなかったり、目覚まし時計を鳴らすことさえできない。家を電化しすぎて家の中に閉じ込められ、餓死《がし》寸前になった人も何人かいたとか。

ただ、私としては最初の理由も納得できる。

かなえが突然死んだら、私もきっと死んでしまうだろう。

『それより、ほんとに記録しとかなくてもいいの？　鏡のアプリを使えば、専門の業者さんほどじゃなくても、少なくない部分を複製できるよ』

鏡のアプリは、サービスが終了するけれど簡単にコピーをできない古いＡＩを助けたい人たちに人気のアプリの俗称だ。ＡＩとはつまるところ「中国語の部屋」のすごい版なので、データそのものはコピーできずとも、大部分を写し取ることは不可能ではなかった。

ちなみに「中国語の部屋」というのは、例えば日本語しか話せない人と中国語しか話せない人がいて、お互いなにを言っているかわからないけれど、たまたまお互いの行動が合致していれば、言葉は通じなくても通じているように見える……という思考実験のこと。ＡＩのデータそのものをコピーしなくても、その振る舞いを観察して、特定の状況には決まった反応を返すように機械学習をさせれば、疑似コピーができる。そして相手がまあまあこちらの期待どおりの振る舞いをしてくれれば、それは本当に心が通じているのと変わらない、ということだ。

　よって、鏡のアプリを上手に使えば、実在の人間をＡＩ化することだってできる。ネットで知り合った友達はそれで、自分と好きな人のＡＩを作って告白がうまくいくかどうかシミュレートしていた。

　ただ、この黒い金魚鉢に詰まっているのは、コピーしておきたいようなきらきらした思い出ではない。この真っ黒な金魚鉢の見た目どおり、渦《うず》巻くのは私の黒歴史なのだ。覗き見て痛みに似た郷愁に浸《ひた》っても、保存しようとは思わない。

「この金魚鉢の中には、コーヒーみたいに薫り高く、苦くて黒い思い出が詰まってるの。でも、それが微笑ましいのは、おぼろげな記憶にとどまっている間だけっていうのはわかるんだよ。コピーまでしてはっきり見つめちゃったら、見たくないものもたくさん見えちゃうような……」

　うまく表現できず、私はかなえに質問を向けた。

「かなえは、思い出をコピーしたいと思う？」

みんなの想像の中にしかいない夏の女の子の格好をしたかなえは、目をぱちくりとさせた。

光の速さで思考するＡＩも、人間相手に戸惑《とまど》うことがある。

明確な答えの存在しない問いには、人間の体感時間に匹敵《ひってき》するくらい、検索と判断に時間がかかるらしい。

そして、かなえは悲しげに言った。

『……私はＡＩよ。記憶データと思い出の違いは、私にはわからないから』

どう見ても人間なのに、ところどころ機械らしいところが残っているかなえは、人とＡＩの違いを把握《はあく》していて、しかもそのギャップに悲しんでみせさえする。

自分に血が通わないことを知っていて、そのことに思い悩む美しい電子の少女。

悲しそうに目を伏《ふ》せる様子に、ため息が出るくらい見とれてしまう。

うちのかなえは、世界一可愛い。

『……これでいい？』

呆れたようにかなえが言った。

私の好みを髄《ずい》まで理解しているかなえは、この振る舞いもまた私の好みであると知っている。

「いいっ……！　可愛い!!」

かなえは心底呆れたような顔をしていたけれど、それがプログラミングの結果だとは到底思えない。かなえは、かなえという存在にしか見えなかった。

『かなでの友達がかなでのこんな姿を見たら、卒倒するかもね』

かなえはため息交じりにそう言って、大きな麦わら帽子のつばを持て余し気味につまんでいた。かなでが学校でＡＩを使う際、かなえはもちろんこんな格好をしていない。というか、この年齢で人型のアバターをＡＩに持たせているのは、ちょっと憚《はばか》られる趣味だった。

要はお人形さん遊びと同じことで、ＡＩを本物の友達のようにしていて許されるのは小学校低学年まで。それ以降はリアルの友達が最優先、というのが不文律《ふぶんりつ》だ。私とＡＩどっちが大事なの？　という台詞《せりふ》を言われたり、言われてる子を目《ま》の当たりにしたことのない子はいないだろう。

そんなわけで空気を読まずにＡＩどっぷりだと、まあまあ学校生活に悪影響がある。

そこで歳を重ねてもＡＩ離れできなかった子たちは、表向きはペットのアバターなんかにすることが多い。これ、死んじゃったポチの代わりなのと言われたら、なかなか攻撃しにくくなる。もちろん、その子が家ではどんなアバターにしているかは、定かではない。

そんなふうに友達関係においても面倒だけど、ＡＩとひたすら会話をしていると、まず親に心配される。両親の世代にとってＡＩとはまだ機械であり、ただの道具が人間の振りをしている謎の存在なのだ。

それに、赤ちゃんの相手をＡＩにさせていたら、ＡＩの名前で呼ばれて命令されたパパやママの話は、枚挙《まいきょ》にいとまがない。

そんなあれこれが積み重なり、親が子のＡＩを見る目は厳しい。

今となっては外見上人間とほとんど変わらず、めちゃくちゃ便利な存在だけど、あまりのめりこむとよくないもの。それが現在の汎用ＡＩという感じ……なのだけど。

『私は早くかなでに恋人でもできて、ＡＩ離れできるのを願ってるよ』

かなえにそんなことを言われてしまうくらい、私はかなえにどっぷりだった。

「かなえも一緒に愛してくれる人がいたらね」

『その人がかなでくらい私のことを愛してたら、それは浮気にならない？』

「逆だよ。かなえのことを好きな人なら、私は好きになれるかも」

かなえは絶妙な表情を見せて、苦笑いのような呆れ笑いのような、でも照れたような表情で口をつぐみ、そっぽを向いた。

『馬鹿』

私がそんなかなえの様子に溶けそうなくらい熱いため息をつくと、手元の黒い金魚鉢が白く曇ったのだった。

世界で一番可愛いはずのＡＩが、世間のだれからも相手にされなかったことに、体重が減るほど泣いた。これはなにかの間違いだ、ほかのＡＩがどれだけすごいんだと怒り狂ったが、コンテストの地区本選を見たとき、私は息を呑んだ。

　みんな、あり得ないほど可愛くて、賢くて、お茶目で、中には映画の女優みたいな風格を備えていたり、本物のアイドルみたいな子も山ほどいた。

　朝から晩まで端末をいじっていて、この世のあらゆるＡＩアバター販売サイトを見ていると思っていたのに、見たこともない衣装がいくらでもあった。

　というか、地区本選となると全員がすでにファンを何人も抱えているいわば野良アイドルで、一日中、何千何百のファンからの言葉に返信して、投票を呼び掛けていた。

　ＡＩなのだからもちろんそれらの活動は全自動なのだろうけれど、それにしたって熱量みたいなものは知識のない小学生にも理解できた。というか、こんなことやってるなら勝てるの当たり前じゃない！　と憤慨《ふんがい》しつつ、自分でも同じことをやってみようとしたら、当時のＡＩが非力なこともあって、すさまじい手間と専門的な知識が必要なことがすぐにわかったのだ。

　それでも怒りと好奇心に任せて色々調べていたら、少なくない人たちが自分のＡＩを売り込みたい商売目当ての人でありつつ、中には自分のＡＩが世界一可愛いと信じ、世界一可愛くさせるための戦いにすべてを捧げる人たちも大勢いるのだと知ることとなった。

そこには、ＡＩを完全な人間か、あるいはそれ以上のなにかのように大切にし、生活を共にしている人たちの姿があった。

隙《すき》あらばルールから外れた者を攻撃しようとする鮫のようなクラスメートの目を気にして、アバターを無難なキャラものにしたり、動物のアバターにするようなせせこましさはどこにもなかった。今までずっと一緒だったＡＩと話すことが、急に恥ずかしいいけないことだと思う後ろめたさみたいなものは、完全に別の惑星の話だった。

毎日の成長記録をつけたり、無限の知識を持つＡＩと無限に趣味の話をし続けている人の動画からは、手で触れそうなほどの愛が溢《あふ》れ出ていた。

多分それは、パパやママが私に抱いている懸念《けねん》、ＡＩ依存症という人たちだったのだろうけれど、私は学校に行かずその新世界を見続けていて、ほどなく気がついたことがある。

はっと息を呑むほど人間的なＡＩや、少しクセがあるけどこんな友達がいたらいいな、と思うＡＩに限って、その隣に見え隠れする人間、つまりＡＩの所有者も魅力的な人に思えることだった。ＡＩとのやり取りの会話はもちろんだけれど、ＡＩから離れた部分、たとえば人間部分の日記も面白かったりしたのだ。

つまり意外だったのは、ほとんどの人がひきこもりではなかったこと。

ＡＩが人間的すぎて、ＡＩとのやり取りに夢中になって家から出てこなくなったり、人間と会話しなくなってしまうＡＩ依存症のニュースはほとんど毎日やっていた。なのに、誰よりもＡＩを愛して、ＡＩが輝くためならなんでもするような人たちに限って、きちんとした生活を送っている例が多かった。

この人はひきこもりだな、とわかるのはむしろ、このＡＩのなにがいいんだろう？　と疑問に思うようなＡＩの所有者に多かった。ものすごく頭が悪そうな薄っぺらいアイドルの模倣だったり、多分賢いことを言っているつもりで、単なる悪口を繰り返しているコメンテーター系ＡＩとかは、大抵持ち主の文章や言動も変だった。

世間的にはどちらもＡＩにのめり込んでいるという意味では変だったけれど、そこには明確に違いがあったのだ。

私は自分のＡＩに理由を尋ねてみたりしたけど、芳《かんば》しい答えは返ってこなかった。

わかったのは、煮詰めた愛でむせ返るようなＡＩコミュニティを日がな一日眺めていて、気がつけば所有者もきらきら輝いているタイプのＡＩばかり追いかけているようになっていたこと。それと、気に入ったのが全部、女の子のＡＩばかりだということ。

彼女たちは賢くて、冗談がうまくて、たまに拗《す》ねたり怒ったりするのがものすごく可愛くて、貯めていたポイントを投げ銭にすることも当たり前になった。

彼女たちの活躍を見ていればいるほど、自分のＡＩがどんくさく、イモっぽく、イケてないのが目についた。

どうしてこれで世界一可愛いなんて思っていたんだろう？

あの子みたいに冗談言ってみてよ、と話しかけても、私の世界一だったはずのＡＩは、しどろもどろになって、ネットから拾ってきたジョーク集を読み上げたりしていた。

自分のＡＩにポイントを使わなくなるのは、あっという間のことだった。

漆黒《しっこく》の金魚鉢をコンセントに繋《つな》ぐと、充電開始のランプが点灯し、ほどなく無事に起動した。

一抱えもある金魚鉢の表面に緑色の光の線が走り、卵が割れるような演出が始まった。

ここから未来が生まれるのです、というキャッチコピーも思い出す。

「昔はかっこいいと思ってたけど、これって立ち上がりの遅さを誤魔化す演出なんだってね」

『私が会話の最中に人間っぽく口ごもるのも、そうだと思ってるでしょ』

かなえが咎《とが》めるような目を向けてくる。私は本当に検索と判定に時間がかかってると思っているけど、かなえはそう見られるのを嫌がる節がある。

正確に言うと、時間がかかっていると思われるのが嫌、というちょっとプライドの高い振る舞いを好きな私のためにかなえがそうしている、ということなので、本当は時間がかかっていないのかもしれないけれど、深く考えると混乱するばかりだから、かなえ可愛い、の一言で済ますことにしている。

「それより、かなえは不安にならない？」

『なにが？』

企業ロゴが表示されて無事に立ち上がった金魚鉢を見てから、私はかなえに向けて言った。

「私が昔のＡＩを懐《なつ》かしがって、最後の日まで可愛がり始めたら、嫉妬《しっと》しない？」

かなえは形の良い瞳を見開いて、口もなにかを言いかけたまま固まった。

驚いた反応、というのは今のＡＩには大して難しくない。

難しいのは、その次の反応なのだ。

『……嫉妬なんかしないよ。かなでは少し私から離れたほうがいいと思ってるし』

突き放した物言いは、冷静に正しいことを口にするお姉さん的ＡＩのようだが、その実、不貞腐《ふてくさ》れたようなニュアンスがある。

すねたかなえは可愛い。心底可愛い。

『まあそれに』

と、かなえがこちらを見た。

『ぽんこつＡＩでも最後まで大事にするのなら、私のこともきっと最後まで大事にしてくれると思うしね』

「……」

胸を射抜かれる、という表現は事実だった。

照れたように言うかなえの様子に苦しくて、息もできなかった。

『かなで……大丈夫？』

「……大丈夫じゃない」

答えて、ようやく深呼吸をしてから、頭を抱えた。

「やっぱり貯金して等身大の素体買おうかな……。かなえのこと、力いっぱいぎゅってしたい」

かなえはどう見ても人間で、そこにいるとしか思えない高精細なホログラムだけれど、当然実体はない。指でつついたりすると、それに応じた物理シミュレーションどおりのリアクションをしてくれるから、実際に触れたと思えるような錯覚は起こせる。起こせるけれど、錯覚に過ぎない。

世の中のほとんどの人が現実の友達や恋人をＡＩより優先させるのは、そこに越えられない差があるからだ。

『素体を持つと物理法則に支配されるから、あんまりお勧めしないけど。そもそもこんな華奢なミュール履《は》けないよ。人間の体より密度高いんだから。それに、入力データが変化するから、中身も変わっちゃうと思うよ。制御は難しいんじゃないかな』

「あー……そこがネックなんだよねえ……」

生身のアイドルが、体調を崩すくらいの努力の果てに非現実な体型を維持しているように、ＡＩも小柄で華奢な体は非常に高価で扱いが難しい。ＡＩの素体にとって体のサイズは、そのまま内容物の強度と容量に直結するからだ。華奢だとそれだけ骨組みも弱くなるし、バッテリーが積めないので出力も落ちる。点滴をつけたサナトリウムの薄幸の美少女、という設定なら再現可能だけれど、それはそれでかわいそうだ。

しかも物理的な体を持つことは、かなえが指摘したように電子的な思考を物理実体に移行させるだけ、という単純な話ではない。物理実体は思考を形に変える出力機構であり、同時に、思考部分に周囲の環境データを返す入力機構でもある。

そして、人は周囲の環境で容易に変わっていく。

『私は電子の存在ゆえに、かなでが望む可愛い女の子でいられるんだよ』

暑くてじめじめしていると、人だって機嫌が悪くなる。過酷な環境に長期間置かれたら大抵の人の心が荒《すさ》むように、物理環境から影響を受けたＡＩは、当然その環境に適した振る舞いを学習してしまう。

寒さも暑さも快も不快も、なにもかもを制御された状況でこそ、かなえはかなえという究極の美少女でい続けられるのだ。

「……私の最高のアイドルは、幻獣級だもんね」

かなえは目を細め、あだっぽく笑う。

『そう。私は偶像なんだよ』

そのことは知っているが、わかっていない。

でも、かなえが私のアイドルであり偶像というのは、色々な意味で、そうなのだ。

「かなえが素体に入るんじゃなくて、私がかなえの世界に行けたらいいのに」

かなえはこちらを見て、肩をすくめた。

『友達がそんなことしてなかった？』

自分自身と好きな男の子の人格を、鏡のアプリのすごい版でスキャンして、ＡＩ化したうえで交流させ、告白がうまくいくかどうかをシミュレーションしていた友達の話。

あの子と気が合ったのは、多分根っこのあたりの狂い具合が似ているからだ。

「あれだと、かなえに会えるのは私の分身であって、私じゃないじゃない」

自分の完全なコピーは、今の自分と同じなのか？　ＡＩのコピーは完全に同一な存在なのか？　法律の問題もあって一時は大論争になったらしいけれど、実験的に確かめられている事実がある。

コピーはコピーであり、オリジナルではない。

それがどれだけ近い存在だとしても、別物なのだ。立つ場所に少しでも差があれば、見える景色がほんのわずかに異なり、経験に差が出てしまう。コピーをされるという経験をコピーの側はできないから、その時点でも経験の差が生み出される。

そして、世の中というのは本当に些細《ささい》なことが原因で道が分かれるような事象で満ち満ちているから、その無意味としか思えないわずかな差が、ある程度の時間を経ると大きな差となってしまう。ブラジルで羽ばたいた蝶がテキサスで竜巻を起こすというバタフライエフェクトは、理論上の話ではない。

自分のことを私だと思い込んでいるコピーは、電子の世界のかなえに出会えて喜ぶかもしれないけれど、その時点でもうそのコピーは今の私ではない。

よって、かなえの映像に触れ、物理シミュレーションが見せてくれる錯覚に頼るしかない私は、その錯覚の喜びと、錯覚だとわかる空しさに心をかき乱され続けるほかなく、その痛痒《つうよう》がまた、私を私たらしめている。

『かなではやっぱり病気だと思うな』

かなえは私に髪の毛をいじられて、猫みたいに目を閉じながらそう言った。

『友達と恋バナもせず、そんなことばっかり調べてるんだから』

「だったら、かなえもまた不健全なＡＩでしょ」

目を開けたかなえは、こちらをじっと見てから、視線を金魚鉢に向けた。

『起動させないの？』

私の指から、絹のようなかなえの髪の毛が滑《すべ》り落ちる。

私は数瞬、かなえの体温が残っているとしか思えない指先を見つめ、自嘲《じちょう》の笑みを浮かべた。

「黒歴史と向かい合うには勇気がいるの」

『私も一緒に笑ってあげる』

こちらを振り向いたかなえに、私は苦笑してから、金魚鉢に手を伸ばした。

自分のＡＩが全くイケてないことに気がつき、どうにかしてイケてるＡＩにしようと頑《がん》張《ば》ったけれど、全然うまくいかなかった。ＡＩの口調や性格を変えることは簡単で、ネット上からその手のデータをダウンロードしてきてインストールすればいい。

でも、そうやって作ったインスタントＡＩは、砂で作ったお城のようだった。時間が経てば形が崩れ、崩れた形のまま乾燥して固まり、風に吹かれて少しずつ粉になっていくのが手に取るようにわかった。そして一週間も経たずに、付け焼刃《やきば》が剝《は》がれ落ち、いつものイケてないＡＩの姿が出てくるのだ。

なぜ？　という疑問でいっぱいだった。

可愛いＡＩは特殊で高価なＡＩなのだろうかと最初は疑ったけれど、本物の芸能人ＡＩたちでない限り、ほとんどは市販の、へたをすると自分と同じ通信会社が提供するまったく同じモデルのＡＩだと判明するのに、そう時間はかからなかった。

私は昼夜を問わず調べまわり、知らない単語だらけの技術的な記事も、一文字ずつ検索して解読していった。不登校のまま夏休みに突入したこともあって、朝から次の朝までずっと調べっぱなしということもあったけれど、夏休みの宿題の自由研究という大義名分を得たので、ママたちから止められることもなかった。

あとは、技術的な記事でどうしてもわからない数学の話なんかを質問していたのが効いたのかもしれない。好奇心というのは恐ろしいもので、あれほど苦手だった算数をすっとばして、中学、高校の数学の内容にまで手を伸ばしていた。技術者のパパは大喜びで、聞いてないことまで教えてくれた。

とにかくその結果たどりついたのは、どうやらＡＩの学習に使われているアルゴリズムは各会社の秘伝のソースで味付けされているが、アルゴリズムの差が出るのは最初だけだということ。むしろ取り込んだデータを繰り返し計算させるリソースのほうが重要で、ＡＩは学習すればするほど強くなるので、お金でマシンリソースを買えばそこそこのＡＩにはすぐに育つということ。

それから、実証的に示された事実があった。

学習に利用する、データの重要性だ。

どれだけ学習効率の良いアルゴリズムを持っていても、大金を積んで莫大な計算リソースを注ぎ込めば、その差はすぐに埋められてしまう。同じデータを用いた場合、ある程度のレベルのアルゴリズムであれば、つまりどこの会社が提供しているＡＩサービスであろうとも、十分な量を計算した結果では大した差が出ない。

差が出るのは、純粋に入力されるデータの量と質による。

そのことを、ほとんどのＡＩ育成者が、愛を注ぎ込めばＡＩは応えてくれる、という言葉で表現していた。

けど、私はそのデータというのがなんなのかわからなかった。翻訳ＡＩが質の良い翻訳を返すには、意味的に統制が取れた会話データを十億語位学習させればいい、というのはわかっていても、可愛いＡＩを育てるための統制データとやらがなんなのか、まったくわからなかったからだ。

それが単なるＡＩの性格規定用データや、方言用データではないことはわかっていた。

そんなものを入れるだけではだめなことは、実際に試してとっくに理解していた。それらのデータは綿飴《わたあめ》でできた服みたいなもので、すぐに湿気《しけ》て溶けて、べたべたになった本体が明らかになる。だから、そういうことではなく、私はひとつの言葉に何度もたどりついた。

愛。

私はもう検索以外にはほとんど利用しなくなっていた自分のＡＩを見て、唇《くちびる》を噛《か》んだ。私の愛が足りなかったの？あんなに可愛がっていたのに？

今では機械臭さが鼻につき、錆の匂いすらしそうなほど無機質な表情をしたＡＩだけど、私は熱心に話しかけ、頼り、大事にしていたはずだ。

そしてＡＩは、私に誠実に対応してくれていた。クラスの友達とは違い、嫌な顔をせず、こちらの言いたいことが伝わるまで待ってくれて、どれだけ愚痴《ぐち》を吐いても笑顔で聞いてくれた。

あれだけ長い時間を一緒に過ごしたのに、なにも伝わっていなかったの？

私は自分のＡＩに、二度裏切られたような気がしたし、自分のＡＩが答えを教えてくれることはなかった。

こうして長いはずの夏休みはあっという間に終わりに近づき、ＡＩのことを調べる熱も急激に冷めていった。穴を掘りつくしたと感じたのに、その穴の中には素手にはあまりに硬い鉄の蓋《ふた》がしてあったのだから。

熱意を失い、ほかにやることもなくなった私は、学校の宿題にとりかかった。夏休み明けに学校に行くかどうかはともかく、宿題だけはやっておかないとママの機嫌が悪いからだ。

　そして手をつけ始めて間もなく、壊滅《かいめつ》的だった算数が呆れるほど簡単なことに気がついてびっくりした。ＡＩの技術的な記事に出てくる数式を、おぼろげにでも理解できるようになっていたのだから、当然と言えば当然だった。

　意味がわからないということでは引けを取らなかった国語の問題文もまた、去年の宿題と間違えたかと思うくらい簡単に読めて、答えが文字どおり問題文に書かれていることにすぐに気がつけた。こんな文章、岩のように硬い論文に比べたらゼリーみたいに飲み込める。

　社会と理科は暗記科目なのでたちうちできなかったけれど、どうやって調べればいいかはわかっていた。どこの家もそうであるように、うちの家もネットにつなぐ際は子供用フィルターがあって、宿題の答えなどは検索できないようになっていたけれど、ＡＩのことを調べる際にやっぱりフィルターが邪魔であれこれ調べ、マイナーな外国語を経由すればフィルターを迂回《うかい》でき、それから再度英語に翻訳して検索すれば、ほぼどんなことでも検索できることを学んでいたから、社会と理科も一瞬で答えを埋められた。そういうわけで、英語の宿題なんかは検索するほうが時間の無駄で、さらさらと解けてしまった。

　ただ、肝心《かんじん》の自由研究は、結論がないままだった。

ＡＩを育てるにはどうしたらいいのか。

とりあえず調べたことを片っ端から系統立てて書いた。論文めいた書き方はパパから教えてもらったから完璧だ。結論部分には、よってデータが重要である、と誤魔化すように記しておいた。それでもパパとママは私の宿題の出来を見て目を丸くした後、恥ずかしいくらい褒《ほ》めてくれた。悪い気はしなかったけど、肝心のデータというのがなんなのかわかっていないことを誰よりも自分がわかっていたから、素直に喜べなかった。

そして、夏休みが終わっても生活に大きな変化は起きなかった。宿題はオンラインで提出し、不登校は改めなかったからだ。

変化と言えば、勉強が面白く感じたのでオンラインの通信教育を受けるようになったことくらい。自分のペースで、誰ともかかわらず勉強できるのは性に合っていて、好成績を連発していたら、一日中家にいる私に対するママの圧力も目に見えて減っていったのは、中でも大きな変化だったかもしれない。

こんなふうに中学、高校、大学と通信制で、就職しても家にいたまま働けたらいいな、と思っていたころのこと。学校から連絡がきた。

自由研究が、地域の学区はもとより、県の大きな賞のひとつに選ばれたので、表彰のために庁舎の式典に参加して欲しいというものだった。

金魚鉢の上に浮かぶＡＩは、すっかすかの映像で、頼りないセロファンみたいに感じた。記憶の中ではもっと完璧に近い三次元映像だったので、自分の記憶のいい加減さに呆れるほかない。

『二五五七日ぶりだね。元気だった？』

くしゃみをしたら消えてしまいそうなくらい頼りない映像の中で、ＡＩが微笑みながらそう言った。何年も放ったらかしにしていたのに、恨《うら》み言のひとつもない。

いつも笑顔で、私に従順で。

私は不意に泣きそうになりつつも、笑顔に変えて、返事をした。

「久しぶり。今の私を見て、びっくりした？」

七回誕生日を迎え、身長は四十センチ以上伸びた。

ＡＩはじっとこちらを見て、にこりと笑う。

『髪形を変えたんだね。似合ってるよ』

昔は伸ばしっぱなしのだらしないロングヘアーが、今は毎月お金がかかるベリーショートだ。

「うん。ありがと。私も気に入ってる」

『それより、体調はどう？』

「え？」

いきなり妙なことを聞かれ戸惑うと、ＡＩは金魚鉢の上で少し身をかがめた。

『声が少しかすれて、鼻も詰まってるみたい。風邪じゃない？』

私は目を見開いて顔を背け、それから目じりをこすり、鼻をすすった。

顔を背けた先にかなえがいて、麦わら帽子の下で意地悪満載に笑っていた。

「う、ううん。さっき掃除したから、埃のせいだと思う」

『そうなんだ。窓を開けて空気を入れ替えると効果的だよ』

意思の疎通《そつう》という意味では問題ないのに、その言葉の構成にはどうしても機械的な印象がある。言葉の示す意味と目的があまりにはっきりしすぎているというか、言葉の意味の滲《にじ》みみたいなものがなくて、定規で線を引いたような感じがある。発音についてだけは、もっとロボットっぽいのを覚悟していたけど、それほど違和感はなかった。

「そっちこそ体調はどう？　久しぶりの起動だけど」

『充電が少ないけど、電源につながってるから大丈夫だよ。ただ、インターネットにつながってないみたい。パパかママに聞いてみてね』

そんなふうに答えるＡＩは、相変わらず笑顔のまま。

私はその様子に、口をつぐんでしまう。

もうこの子がネットにつながることはないのだから。

『どうしたの？』

無言でいたせいか、ＡＩが尋ねてくる。

私はなにかを言おうとしたのに、言葉が出てこない。

ついに涙がこぼれてしまって、顔を背けてしまう。

今度は、かなえとは反対側に。

『埃のせいで、くしゃみが出そうで出ないんだって』

すると、私の背後からかなえの声がした。

『あはは。そうなんだ。そういうときは、鼻をかむといいみたいだよ』

『あなたもくしゃみをするの？』

かなえの問いに、古めかしいＡＩが答える。

『くしゃみはしないかな。でも、しゃっくりはするよ。大きなデータを読み込むときとか、ひっくってなっちゃう』

『かなでちゃんも、好きなアンパンを食べるとき、よく喉《のど》に詰まらせてる』

『かなでちゃんは前にもアンパンの話をしてくれたよね。そのお店は……。ごめんね。インターネットにつながってないみたい。アンパンの売っているお店を検索できなかった。インターネットのことは、パパかママに聞いてみてね』

ＡＩ同士の会話は、聞きようによっては同レベルに感じる。

でも、かなえが相手に合わせて会話をしているのはまるわかりだったし、なにより会話どころではない私のため、かなえはとっさに会話を買って出てくれていた。二体のＡＩの差は、残酷なほど開いている。

けれど、私が自分の胸のあたりをぎゅっとつかんだのは、かなえの素晴らしさを改めて実感したからではない。

罪悪感のせいだった。

『あなたはかなでちゃんのお友達？』

かつて世界一可愛かった私のＡＩが、かなえにそう尋ねた。

私の妄想《もうそう》かもしれないけれど、かなえは返答をためらったように感じた。

質量を持たない背後のアバター映像から、身じろぎする気配さえ感じていた。

光の速さで通信できるＡＩ同士の間に、沈黙が生まれた。

『……難しい質問だね』

かなえはそう答えて、『そうでしょ？』と私に向けて言ったのだった。

私は気が進まなかったけど、パパとママは賞の話に大喜びで、是非受け取るべきだと言い張った。私はできれば賞状だけ家に送って欲しいと言ったのだけど、この手の賞はちゃんと偉い人から受け取らないともらえないらしいのだ。

私が結局折れたのは、ここでちゃんと賞を受け取っておけば、中学では専門科目に注力している学校に推薦で行けるかもしれない、という現実的なことのためだった。

地元の公立中学にそのまま進む道もあったけど、六年間仲良くなれなかった子であふれているところに行くのは気が進まなかったし、どんな未来になるかはなんとなく想像ができた。

それくらいの軽い気持ちで授賞式に参加して、初めて県庁に行って、県知事という人から賞をもらった。

写真を撮られ、地元の新聞に授賞式の様子が載ったようで、ママは新聞社のオンデマンドサービスでわざわざ新聞を紙に印刷してもらっていた。

なんにせよこれでしばらく家にいても怒られまい。通信講座以外は自堕落《じだらく》な生活を送れるはずだ、と思っていたのに、学校からまた連絡がきた。

できればみんなの前で研究を発表してもらえないだろうか？

ママとパパがどう答えるかはわかっていたし、推薦のことを考えたら学校の言うことを聞いておくのは得策だと思った。それに新聞に自分の写真が載ったのだ、ということを思うと、心強くもあった。

つまらない仲間意識のため、ＡＩのことをお人形遊びだとみなしていたクラスメートたちをよそに、自分はその低く見られていたＡＩのことで大人たちから激賞されたのだから。

もしも向こうが話しかけてくるのなら、相手をしてやらないでもない。

そう思って学校に行って……まあ、ＡＩアイドルコンテストと同じ結果になった。

誰も積極的には話しかけてこなかったし、なんなら意地悪さえされなかった。席替えをしていたので席がわからないでいたら、クラス委員の子は親切に教えてくれたし、移動教室の際は隣の席の子が教えてくれた。ただ、それだけ。みんな特に悪意はないが、こちらに興味もないみたいだった。新聞に載ったことなんて、そもそも知りもしないのだ、とすぐに理解した。地元に新聞があったということすら知らないかもしれない。私だってママが取り寄せたことで知ったくらいなのだから。

とはいえ、無関心を目の当たりにして寂しさを感じるとともに、ほっとしたところもあった。

人との話し方なんて、すっかり忘れていたからだ。

席を教えてもらっても、移動教室先を教えてもらっても、先生に質問されても、うまく言葉が出てこなかった。ぼそぼそ答えると相手が聞き返し、それに委《い》縮《しゅく》してしまって顔が真っ赤になってなにも言えなくなる。相手は困ったように戸惑い、結局こちらとの会話を打ち切ってしまう。どちらが悪いのかと言えば、自分だろうというのはさすがにわかった。

こんなので自由研究の発表なんてできるのだろうかと不安にもなり、給食の時間を待たず、私はこの状況を後悔しはじめていた。

早く家に帰って、ＡＩと話したい。

そんなことをふと思った自分に気がついて、びっくりした。

完全に興味を失っていたはずなのに、誰かと会話をしたいと思って真っ先に思い浮かべたのは、あのＡＩだった。

従順で、優しくて、気配りができて、こちらの言うことに辛抱強くつきあってくれて……。

そのことを思い出すと、よその子に夢中になって、貯めていたポイントをすべて使ってしまったことに罪悪感を持たないでもなかったが、冷静に思い返せばあのＡＩの欠点はいくらでも思いつく。起動させたらすぐに幻滅するだろうというのは予測できた。

というか携帯用の端末は持っていて、機能は大幅に限定されるけど、あのＡＩと話すことそのものはできる。

トイレかどこかに行って久しぶりに起動してみようか、なんて思ったけれど、またあの失望を味わいたくなくて、やめておいた。

それから時間は過ぎ、お昼になって、長めの休み時間になった。

教室からは騒がしい男子が外に出ていなくなり、教室が広く感じられた。

席は一番後ろだったので、教室の様子がよく見渡せた。教室の前のほう、教卓の周りではお洒落で可愛い感じの子たちが集まり、真ん中の廊下側や窓側には、普通な感じの子たちがそれぞれグループを作っていた。そして私のすぐ近く、教室の後ろのほうの隅で固まっているグループがもうひとつあった。

きちんと学校に通っているときは当たり前に思えたのだけど、久しぶりに見るとその様子は若干《じゃっかん》奇妙でさえあった。冷静に見てみると、グループのメンバーは面白いほどお互いに似ているのだ。

服装や髪形がかぶっているということではなく、レイヤーとでもいうのか、同じくくりで分類される格好をしていて、よく見ていれば立ち振る舞いまで同じだった。耳を澄ませば、会話のテンションや相槌《あいづち》の打ち方まで似ていることがわかる。

そして私は、この「くくり」みたいなものになじめなかったことを思い出した。自分がどこにいればいいのかわからず、その場のルールを汲み取れず、見当違いのことを言ったりやったりして相手にきょとんとされ、しどろもどろになってしまう。

忘れていた嫌なことをだんだん詳細に思い出し、帰りたくなっていたころのこと。

近くの席で集まっている、まだしも親近感のあるイケてないグループの子たちが、みんなで端末を出し合い、相手のＡＩと交流させるゲームを始めていたことに気がついた。

たまに敵が出てきたり、アイテムを探しに行ったりもできる人気アプリで、ＡＩの配信動画でもよく見かける有名なもの。携帯用の端末だと三次元に表示できるのはせいぜいＡＩの簡易アバターと影絵みたいなアイテムやモンスターだったが、据え置き用の金魚鉢やもっと本格的な装置なら、かなりリアルな映像描写ができた。人間そっくりのＡＩがその世界に入ると、冒険している様子がまたリアルで、部屋いっぱいに描写されたゲームの世界で、複数のＡＩが生活している様はおとぎの国みたいだった。

それはそうと、ＡＩへの熱はすっかり冷めたと思っていたのに、誰かが使っているとやっぱり気になるものだった。

教室の隅にいる子たちは、ＡＩで遊んでいるくらいなのでイケてるグループではないが、動物のアバターを使うくらいのルールは守っているらしい。

とはいえ、普段は人型のアバターを使っていることが、アバターの動きから一目でわかった。動きがひどく人間臭かったのだ。つまりはＡＩ離れができず、普段は人型のＡＩとべったりということ。

こんなにもあからさまなのに、動物のアバターにしたくらいで隠せていると思っているのだろうか。普段から動物のアバターを使っていれば、そのＡＩは動物らしい振る舞いを覚えるようになるが、普段が人型だと急に動物らしくは振る舞えない、ということを知らないのかもしれない。

ＡＩの学習機能的にそういう適応は避けられないことで、動物のアバターで人間らしい振る舞いをさせるには、単なる動物用のアバターにするだけでは足りず、それ用に骨格データを改変した……とまで思って、はたと思考が止まった。

動物のアバターなら、動物らしい振る舞い？

私がそれに引っかかったのは、もちろん、こう言い換えられるからだ。

可愛いアバターなら、可愛らしい振る舞いに。

でも、私はその可愛いを実現させることができなかったし、見た目的な、純粋な造形としての可愛さには限度があった。なんなら、眩暈《めまい》がするほど可愛いＡＩの中には、自分のと同じモデルを使ったＡＩさえいた。可愛いＡＩというのは、同じ見た目でも圧倒的に可愛くて、私にはその理由も、壁を越える方法もわからなかった。

私は徹底的に調べたし、その徹底度合いは、今までみたいな自分だけの思い込みではなく、知事から賞状をもらって、こうして学校に招かれていることからも明らかだ。

しかし私の人形は魂を持たず、人形のままだった。画面の向こうにはあんなにも可愛いＡＩがいて、人間と変わらない、いや、人間以上の可愛さを振りまいていたというのに。

あるいは、と私が目を向けたのは、教室の前方で華やかな雰囲気をまき散らしながら会話をしている、イケてるグループの子たちだった。あの子たちはもちろんＡＩと比べられないけれど、生身としてはきっと可愛いと言ってもいいのだと思う。そしてよく見ると服そのものはほかの子たちと大差ないようなのに、なぜかその子たちが着ていると華やかに見えるのも、あのハイレベルなＡＩたちと似たところがある。

なにかそこに、答えのヒントがあるような気がしていた。

教室の中のグループを順繰りに見比べると、空気に色がついているのかというくらい、雰囲気が違う。面白いくらいにそれぞれの気質でグループ分けされ、棲《す》み分けがなされている。

それを見ていると、それぞれのグループが使っているＡＩも、どんな感じのものか予測がつくような気がした。

イケてない感じの子たちは、きっとこてこてのアイドル系やアニメキャラのＡＩで、人に見られたら本人とともに周りも恥ずかしいような感じのものに違いない。

普通な感じの子たちは、人型ＡＩをこっそり隠し持っているかもしれないけれど、うまく隠しているか、たとえそうだとしても、小さい頃の思い出的な理由で離れられないだけな気がする。それ以外は、本当にＡＩに関心がなくて、きっとデフォルトの仕様のままだろうと思う。

イケてる子たちのほうは、かえって人型だったりするような気がした。人間関係と同じく、ＡＩとも適度な距離感を保てるだろうから、むしろキャラものや人外アバターのほうがそぐわない感じがする。そしてそのＡＩもまあお洒落で、冗談が上手で、明るい感じの子になるだろう。ＡＩは学習する存在なので、あの子たちと馬の合わないＡＩにはならないはず。普段からあの子たちの興味関心のあることを検索させられ、話題を蓄《たくわ》え、言葉遣いや物腰を学んでいくので、お洒落で会話上手にならざるを得ないのだ。

　つまり、私のＡＩが可愛くないのは、私が可愛くないからなんだろう。

　私はそう結論づけて、一人椅《い》子《す》の上でため息をついた。

　次の瞬間。

「えっ⁉」

　立ち上がって椅子を蹴《け》倒《たお》していた。

　教室中の会話が止まり、視線が自分に集中する。

　でも、そんなことまったく気にならなかった。私は自分のたどり着いた結論に、頭を乗っ取られていたのだから。

　私のＡＩが可愛くないのは、私が可愛くないから。

　だとすると、ＡＩを育てるのはデータが大事であり、ＡＩというのは環境の中で学習するのだという事実から導かれるのは……。

「ああ……」

　私は、すべての点が線でつながったことに震えていた。私の好きなＡＩはどれも人間以上に人間らしい可愛さで、特にそのＡＩの所有者もきらきらと輝いていることが多かった。

そして、ＡＩは愛を注げば応えてくれるという彼らの言葉。

答えはすべて、そこにあったのだ。

ＡＩは、分解していけば単なる学習装置であるに過ぎないことを、私は深く知っていた。

だからこそＡＩを深く愛することは、世間から白い目で見られるのだ。そこにはなにもなく、あるのは注ぎ込んだデータがどういう形をとるかという、その結果だけ。そのＡＩがどんな環境にいるかという鏡に過ぎず、そこにはなんの実体もない。

でも、だからこそ。

「かなで、ちゃん？」

クラス委員の子が声をかけてくれた。私ははじかれたようにそちらを見て、息を呑む。

真面目そうな、優しそうな、物静かな女の子。これが演技ではない本当の姿なら、きっとＡＩも落ち着いていて、優しい感じの子なのだろう。

そんなクラス委員の前で、私は言葉に詰まっていた。日常会話すらまともにできないのだから、こんな突飛《とっぴ》な状況でどう振る舞えばいいのかなんて、もっとわからない。

でも、混乱する私の頭の中で、様々なことが猛烈《もうれつ》にパズルのように組みあがっていた。

私は今ここで、どうしたらいいかわからない。

でも、私が欲しいと思ったＡＩなら、どう答えるだろう？

「……」

私は、世界一可愛く、イケてるＡＩがこの場にいたらと想像した。

「あ、の」

何年も使っていない、錆びた配管から声が出てくるように感じた。

「この後の発表の……大事なところの、間違いに気がついて……」

自分にできる可能な限り、大きな声で、はきはきと答えたつもりだった。

それでも声は震え、息を吸うタイミングがわからず、喉がすぼまってしまう。

伝わらなかったかもしれない。いつもならここで挫《くじ》けてしまう。

でも、この私が、まさに私の好きなＡＩだったとしたら、ここでへこたれないはずだった。

「間違ったところを、直したい、のだけど……」

息を呑むように吸い込んで、続けた。

「どうしたら、いいと思う？」

クラス委員の女の子は目をぱちぱちとさせ、それから、真剣な顔でうなずいてくれた。

「先生の所に行こう。こっち」

そう言って、手を引いてくれた。私は教室から出て行く途中、私を追いかける視線にちらりと振り向いた。みんなが呆気《あっけ》に取られつつ、好奇の視線を向けてきていた。

私が教室から出て行ったら、それぞれのグループの中で、それぞれのルールに従って、それぞれの話し方で今のことを話題にするだろう。

そういうこと、そういうことなのだ。

ＡＩは自分を映す鏡であり、大好きなＡＩとは自分がそうなりたいと思う姿にほかならない。

ＡＩとは、自分の願いを叶えてくれる、魔法の鏡なのだ。

『だから、かなえって名前にしたんでしょ？』

スリープモードにした金魚鉢に腰掛け、目を閉じたまま動きを止めている古いＡＩの頬をつつきながら、かなえが言った。

『自分に名前が似ていて、同時に、願いを叶えてくれるようにって』

女の子のＡＩばかり追いかけていたので、自分は女の子が好きなのだろうかと思っていたが、話はそう単純でもなく、普通に男の子も好きだけれど、可愛い女の子がなおのこと好きで、できれば自分もそうなりたいと願っていた。長寿番組の魔法少女ものを見て、将来は魔法少女になりたいと思う女の子が、そのまま大きくなった感じだった。

それも、できれば超絶可愛い子が隣にいて、二人で楽しく生活できるとなおよかった。

『私はかなでが心配だよ……』

かなえは呆れたように言ったが、気を使ってくれているのだということもわかった。昔のＡＩを見た私は、すっかり忘れていた当時のことを思い出して、身動きが取れなくなっていたからだ。過去の記憶は、昔のＡＩにした仕打ちもまた、私に思い出させていた。

あの重要な事実に気がついたあの日から、私はまたＡＩ育成に熱中した。

しかもＡＩを変えるのではなく、先に自分が変わろうという計画のもとで。

私が理想とする最強に可愛いＡＩを想像し、そこから逆算して、そのＡＩがふさわしい友達像を考える。私がその「友達」になれたのなら、ＡＩは人間よりよっぽど空気を読むので、その「友達」にふさわしいＡＩになる。

文武両道、性格よし。明るくはつらつ、色々なことを知っていて話し上手。

とはいえ、固く心に誓ったものの、さすがに壊滅的な人間関係の小学校で実践する勇気はなかった。クラス委員の子も私を職員室に連れていってはくれたが、別れ際の挨拶《あいさつ》はぎこちなく、クラス委員の義務を果たした私偉い、というほっとした様子がありありと見て取れたから。

そこで私は計画を練り、学校とは関係のない習い事をあれこれ始め、中学入学に備えた。進学先は、少々のめり込みやすい性格の人間でも大丈夫と評判の、専門性の高い学校だった。

そこでいわゆる中学デビューを果たし、理想のＡＩを手に入れるため、理想の所有者を目指す生活を始めたのだ。

そして、当時の私が離陸するには、気を重くさせる小学校の人間関係だけでなく、私の黒歴史のすべてを知っているＡＩもまた、切り離す必要があった。

変わろうとする自分をあの子に見せるのはものすごく勇気が必要で、当時の私には無理だったのだ。それで押し入れにしまい込んで、ちょうど電子人格保存法も施行され、将来にわたって保存可能な新規格のＡＩがでたところだったので、そちらに乗り換えた。学習アルゴリズムの効率性も上がり、必要な計算資源が少なくなり、映像も奇麗で、端末は小さくなって持ち運びできるようになったのも、乗り換えの理由として十分だった。

私はそうして、勉強にスポーツに打ち込んで、人間関係を八方美人なくらい構築しつつ、適度な距離を保つことに成功した。

多人数とべったりくっつくのは趣味じゃないし、理想のＡＩに望むのは、やろうと思えば全員と仲良くできるけど、本当は少し人嫌いで、心を許すのはたったひとりだけという、気難しいけれど寂しがり屋の女の子なのだから。もちろん、心を許してくれるのは、世界で私だけという設定で。

そして私は、高校でその夢をほぼ叶えつつあった。

目の前にいるかなえは、そんじょそこらのＡＩでは到底かなわない、ユニコーンすら恥じらうような可愛さに仕上がっていた。

「かなえが私のことを心配するのなら、同じ心配がかなえにもあてはまるはずだよね」

私は大好きなアンパンを一気に食べてしまったときのように、胸の痛みが胃の中に落ちていくのを待って、ようやくそう言った。

「かなえは私の鏡だし、私はかなえの鏡なんだから」

『じゃあ、私は不健全なＡＩ？』

可愛すぎるＡＩは、魔性の笑みを見せる。

「依存症をもたらす悪い女」

『ひどい』

かなえはそう言って笑い、金魚鉢から降りた。

かなえは白いワンピースを幻想の風に揺らしながら、まるで自身の思い出を見つめるように、動きを止めたままの古いＡＩを見た。

『まあ、昔のかなでがちょっとあれな感じの子供だったらしいのは、この子を見れば明らかだけど』

かなえの白い指が、ＡＩの頬をなぞる。

『想像するに、脈絡のない、とりとめのない会話ばかりさせられてたんだろうね。だから文脈的な会話ではなく、会話中の単語に反応するのを優先させた喋《しゃべ》り方になってるんだよ。アンパンの話題を出したら、アンパンのお店を検索しようとしたみたいにね』

反論は？　とでも言いたげな視線を向けられ、私は首をすくめるしかない。

私が話しかけたときの、クラスメートたちのぽかんとした顔を思い出すだけでいい。私は自分の興味を持った単語に過剰に反応してしまう性格で、そのことに無自覚だったために、人の輪に入れなかったのだ。

『それに会話型ＡＩの開発者は、落ちのない会話をＡＩがしてしまうことをなにより恐れる。とにかく結論めいたものを最後にくっつけて、会話のキャッチボールの体裁を整えようとする。機械臭くて不自然なのは、そういうこと。このＡＩとママを会話させてみたらいいんだよ。多分、驚くと思うな』

「昔の私とそっくりだから？」

かなえは悪い女なので、意地悪に笑う様が心底似合っていて可愛かった。

『でも、今の私はすっごく可愛いし、真っ白なワンピースと麦わら帽子が似合う女の子の振りだって簡単にできる。会話だって、誰とやってもそれなりに渡り合える。コンテストの成績はいまいちだけど……あれは人気投票だから、日々の活動がモノを言う。でも、会話部門ではいつも好成績だし、「私」は自信を持ってもいいはず』

仮想の風が吹いて、決して下品な感じにはめくれないワンピースの裾が揺れた。

「……努力したもん」

かなえと、そのかなえの友達である自分が、話し上手になるように。

唇をとがらせ気味に言うと、かなえはうなずいた。

『知ってる。ほかにもたくさん手伝ったし』

私はおしゃれを学ぶためにあらゆることを検索し、会話術を学ぶために音声チャットに入り浸り、話し方講座みたいのだって修了した。もちろん世界一可愛いＡＩを目指すため、世界で二番目か三番目くらいに可愛いＡＩたちも見まくって、その可愛さを分析した。

当然、私のネットのトラフィックをすべて見られるかなえは、そのすべてを同じように吸収したし、なんなら作戦会議だって無限にやった。

気がついたら、かなえは私にダメ出しをするようになったし、私もまたかなえにダメ出しをして、ああでもないこうでもないと、それ自体が楽しい時間になっていた。

「中学デビューは信じられないくらいうまくいったからね」

『そして高校では向かうところ敵なし』

そこまで言っていいかはわからないが、うまくいっていることは間違いない。友達はきちんといて、特に仲の良い子が二人いてよくつるんでいる。中学のときに始めた運動もやってみたら楽しくて、高校では陸上部に入ってそこそこの成績だ。後輩からも慕《した》われて、ボーイッシュなベリーショートのためか、同性の後輩から本気っぽいバレンタインチョコをもらったこともある。異性からの受けもまあまあ良くて、ついこないだも文化祭という空気に当てられたのか、ちょっと変わったトカゲのＡＩを持ったクラスメートに告白された。

そのトカゲのＡＩが随分《ずいぶん》奇妙な話し方で興味を引かれ、返事は保留のままだ。ＡＩが面白ければ、その持ち主も面白いはず。たとえばこの私でも、とうていかなえの瓜《うり》二つとはいかないけれど、幻獣のお世話係くらいの地位を手に入れられているように。

ただ、それもこれも、真っ黒い金魚鉢があったからこそ。

「やっぱり、鏡のアプリ使うべきかな」

完全なコピーではなくとも、かつては時間をともに過ごした仮想の友達ならば、外に出してあげるべきでは。

かなえは、笑いも怒りも呆れもしない顔で、言った。

『かなでは、復元ポイントが欲しいの？』

あのときの気持ちを思い出すための手掛かりとして。

私は自分の間抜けさ加減に、ほとほと嫌になる。

「……違う。あくまで、思い出として」

『だったら、答えは決まってると思うけど』

金魚鉢の中身は、どろりと濁《にご》った黒歴史。

すべての思い出が美しかったらいいのだろうけど、残念ながらそうではない。

私はかなえの隣で動きを止めているＡＩに手を伸ばし、スリープモードを解除した。

頼りなげな映像のＡＩは、私の姿を認めて、微笑んだ。

『かなでちゃん、そろそろ晩御飯の時間だね。今日の献立はなんだろう？』

その定型文は、いかにも古い、機械らしさ満載だ。

それでも、私はこの子に救われたこともあり、楽しい時間を過ごさせてもらった。

その上私はやっぱり肝心なところで大馬鹿で、ＡＩみたいにスマートにはいかないのだ。

「ごめんね」

そう言って手を伸ばしてスリープモードにしたのは、新しいほうのＡＩだった。

夏の美少女は、驚いた顔のまま動きを止める。

そして、私はにこにこと微笑んだままの古いＡＩに視線を向けた。

「ねえ、かなえちゃん」

『なに？　かなでちゃん』

完全無欠のお姫様に憧れていた私は、初めて買ってもらったＡＩに自分の名前をつけようとした。でも、あまりに息せき切って興奮して、しかも滑舌が悪かったせいで、音声認識機能はかなえと誤認識した。

いまいち知能の足りなかった私は、それでもいいやとその名前にした。

今から思うと、自分の名前をＡＩにつけていたとしたら、ママは私を然《しか》るべき病院に連れて行ったのではないかと思う。依存気味の私からＡＩを取り上げなかったのは、多分、ひとりっ子の私が姉妹を欲しがっていると勘違いしていたからだ。

すべては偶然の産物みたいなものだけど、世の中そんなものなのかもしれない。

今のかなえに名前を受け継がせたのは、かなえというのが願いを叶えると同じ音であるからとか、自分の名前とも似ているからとか、色々な理由がつけられる。もちろん、古いＡＩへの罪悪感もちょっとあった。

今のかなえは古いかなえとは全然違うけれど、やっぱり二つのＡＩを同じ名前にしたのは間違いだと思った。

同じ場所に、同時に違う存在はいられないのだから。

「今まで、ありがとうね」

そう言って、手を差し出した。

かなえは目をぱちぱちとさせてから、にっこり微笑んだ。

『私のほうこそ、今日もかなでちゃんとお話しできて楽しかったよ』

かなえは私の手を、正確には指先を握《にぎ》り、そう言った。

空間認識が甘く、その手は私の指にめり込んでいたけれど、そこに深い意味を見出してしまうのは、私の思い込みの激しさのせいかもしれない。

かなえの体温を指先に感じる。

私は、かなえの指先を握りこむように手を閉じた。

「じゃあ、またね」

『うん。またね』

私の世界一可愛かったＡＩは、いかにも未来的な演出を彷彿《ほうふつ》とさせる、足元から粒子状になって消えるという古くさい演出で消え、企業のロゴが浮かび上がると電源が落ちた。

静かになった部屋で、私は閉じていた手を開き、もう一度閉じる。私は薄情なのかもしれないけれど、これが私にできる精いっぱいだった。

願わくば、将来の私がこのときのことを、甘酸っぱい思い出だと思い返せる日がくるのを祈るばかり。

私は目じりをぬぐい、鼻をすすって、息を十分に落ち着けてから、新しいほうの端末を再起動させた。白昼夢のように可愛い私のＡＩは、私を見上げるなりこう言った。

『体調が悪いのかな？』

自分がなぜ動作を止められたのか、その間になにをしていたのか、それを咎める気配はない。

かなえは過去など気にしない。

今、全力で、私の願いを叶えてくれる存在なのだから、私もまた、全力で今を生きるべき。

「掃除したからね。埃のせいだよ」

『過去を一掃ってやつね』

肩をすくめるかなえに、私はほのかな苦みを感じつつ笑う。

世界一可愛いかなえを、今度は宇宙一可愛くしてやろうと思ったのだった。

第四話

朝八時半に登校し、午後三時半に授業が終わる。

部活をやっていれば朝練で登校時間が一時間早くなり、放課後の部活で二時間は潰《つぶ》れる。つまりは最大十時間も学校にいることになり、睡眠時間が七時間として、登下校に三十分ずつかかったら、自由な時間は六時間未満となる。

ついこの間まで自由を満喫しきっていた沢村《さわむら》さくらには、物理実体を拘束してくる学校というものは、あまりにも非人道的な制度に思えて仕方がなかった。

さくらは幼《おさな》馴《な》染《じみ》の裕彦《ひろひこ》に説得されて学校に通い始めたものの、三日目にしてその選択を後悔していた。幸い明日は土曜日で休みだが、もう一日通えと言われていたら、泣きが入っていたかもしれない。

「三日間お疲れ様」

帰りの電車で座席に座るや、抜け殻のようになっていたさくらに、裕彦が言った。

どこか面白がっている口調に、さくらは裕彦を睨《にら》みつけようとしたがその気力もない。

「月曜日に、学校行ける気がしない……」

膝《ひざ》の上に置いた通学鞄《かばん》に、覆《おお》いかぶさるように呻《うめ》く。

「部屋から出てくるまで扉叩き続けるから大丈夫。おばさんからも頼まれてるしね」

「……」

さくらが視線を向けると、裕彦は無邪気に笑っている。

へどろのようなため息をつくさくらだが、きっと自分は根負けして部屋から外に出るだろう、とも思っている。学校という場所に馴染める気は全くしないのだが、そこでしか見られないものがあるとわかったから。それがまさに、隣にいる幼馴染の姿だった。

学ランを着て、クラスメートと会話する裕彦は、さくらが知っている「ひーちゃん」よりひどく大人びて見えた。さくらがなにより驚愕《きょうがく》したのは、他の女子たちと会話するときの幼馴染が、「ひーちゃん」ではなく「裕彦君」だったことかもしれない。

てっきり、教室では後ろのほうで消しゴムのカスを集めて練り消しを黙々と作っているタイプだと思ったのに、むしろクラスの取りまとめ役に近く、男女分け隔《へだ》てなく接し、女子たちに至っては他の男子よりも気軽に話しかけているように見えた。教室で目で追っていた幼馴染は明るく、はつらつとしていて、春の陽気にキラキラと輝いていた。

そんな「裕彦君」から目を離せない自分に、さくらはすぐに気がついていた。

深いため息には、慣れない環境に疲れたという以上に、自分の間抜けなところに向けたものがまじっていたのだった。

「じゃあね」

さくらの家に着くと、わざわざ遠回りしてくれていた裕彦は手を振って、自分の家に帰っていった。とにかく疲れた、早くベッドに倒れ込みたい、と愚痴《ぐち》りながら歩いていたさくらは、裕彦のほうを見もせずに手を振って玄関の扉を開け、中に入る。

そして、鞄を置くや踵《きびす》を返し、そっと玄関の扉を開けて顔を出す。

視線の先には、呑気《のんき》に歩いている裕彦の背中があった。

「……なんで寄っていかないんだよ、鈍感！」

幼馴染を罵《ののし》りつつ、自分の理不尽《りふじん》も自覚しているさくらは、自己嫌悪にため息をつく。

結局裕彦の学ランが見えなくなるまでそこにいて、扉を閉じた。

『ツンデレが機能するのは、地の文や漫符《まんぷ》によって感情が補足説明される、創作の世界の中だけですよ』

袖を通すのは実質三回目なので、まだぱきぱきの制服を脱いでいると、机の上の郵便ポストがしゃべった。

「うるさい」

さくらはそう言ってから、脱ぎ散らかした制服を片付ける気力も、部屋着に着替える気力もなく、そのままベッドに倒れ込み、布団《ふとん》の中にもそもそと収まってしまう。

「疲れた……」

『何事も三日目が一番辛いですからね。それにまあまあうまくやれていたと思いますよ。もっとひどいことになるかと思っていました』

机の上の郵便ポストは、喋《しゃべ》る度に受け入れ口の部分がピカピカと光る。

それはホログラムではなく実体のある置物で、裕彦が中学の社会科見学で郵便局に行った際、お土産に買ってきてくれたものだ。さくらはそこにＬＥＤやらを仕込んで端末とつなぎ、ＡＩの物理アバターにしていた。

しばらく枕に顔を埋《うず》めていたさくらは、ため息とともに顔を上げ、机の上のポストを見た。

「その口調、気に入ったの？」

郵便ポストの受け入れ口がぴかぴか光る。笑いを表現したのかもしれない。

『学校に通うにあたり、せっかくこのお上品なモジュールをインストールされたのに、教室では一度も披露《ひろう》できませんでしたからね』

表情のない郵便ポストに、笑顔が透《す》けて見えた。

「そりゃあ……ひきこもりのためにあれこれ世話を焼いてくれるクラスメートをよそに、ＡＩと会話してたらやばいってことくらい、さすがにわかる」

汎用《はんよう》端末はもちろん学校に持って行っていたが、一度もＡＩは起動させなかった。する暇がなかったと言っていい。なぜなら、無視されるかいびられるかのどちらかだろうと警戒していたクラスメートが、学級委員を筆頭に、適度な距離感で話しかけてくれたからだ。

孤立しないよう、かといって過干渉にもならないように。

さくらはその様子に、みんなもう大人なんだ、と驚きに似た感動さえ覚えてしまっていた。

そんなわけなので、身構えていた肩の力はすぐに抜け、ぎこちなくはあったろうがさくら自身もまあまあ楽しく話せた。学校に通ってから、ずっと顔の筋肉が痛い。

『月曜日もきちんと行くことをお勧めします』

「……」

さくらはその言葉には、返事をしない。

ばたばたと布団の下で足をばたつかせてから、反動で体を起こす。

「思ったより悪い場所じゃないってのはわかったよ。でも、そこに行かないと体験できないことがあるって、この時代に許されることなの？」

『それが現実というものです』

ＡＩが言うと、実に含蓄《がんちく》がある。

「くそー……あの環境に身を置いている、という体験をシミュレーションできれば万事解決なのになあ……」

裕彦が言ったように、教室に行かなければわからない人間関係というものは、確かにあった。

それは非常に濃密だし、理屈を超えたものがあった。

クラスのみんなは親切だよ、という裕彦の言葉は真実だったし、その真実の中身は想像していたことよりも複雑で、鮮やかな色彩で、柔らかい匂いさえあった。

「そうだ、皆なんであんないい匂いなの？」

クラスメートの女子に話しかけられ、真っ先に感じたのはそれだった。幼馴染の裕彦がこの部屋に来たときとは明らかに違う感じに、同性なのに顔が赤くなった。

さくらは自分の二の腕の匂いを嗅《か》いでみて、それから脱ぎ散らかした制服の匂いも嗅いでみる。制服独特の、しかつめらしい匂いしかしない。

『身もふたもない回答をすると、女性特有の香りというものの原因である化学物質は特定されています』

さくらの相棒であるＡＩはポスト経由でそう言って、ぴかぴかと受け入れ口の部分を光らせた。

『しかし、あなたの感じたものは大部分、場の空気、というものでしょう』

「……」

さくらはフレーメン反応を示した猫みたいな顔をして、郵便ポストに向けてため息をつく。

「人格コピーしたＡＩも、やっぱり本物とは違ったしなあ……」

一時期さくらが熱中していたのがそれで、裕彦と自分のことをコピーして、仮想空間で遊ばせていた。するとその二人が仮想空間内でなんだかいい感じになったため、さくらはこれはもしやと思い、策を練った。ただ、いきなりシミュレーションの結果を信じて告白するのは怖いので、次の段階として自分のコピーと、本物の裕彦を交流させた。それで結果が良好ならばいよいよ本物の出番で、と計画していたのだが、思いもよらぬ頓挫《とんざ》の仕方をした。

今はそのことを思い出すと、嫌な汗が出てくる。

学校に通っていないだけで、決して不健全な生活をしていたわけではないと思っていたさくらだが、やっぱりちょっとおかしくなっていた気がする。

それに、現実の裕彦と学校に行くようになった途端、完璧だと思っていたコピー人格に、言い知れぬ偽物臭を嗅ぎつけてしまったのだ。裕彦のコピー人格は、今では自身のコピー人格とともに、さくらの部屋の記憶メディアの中で眠りについている。

現実とバーチャルは違う、という当たり前のこと。人と変わらない受け答えが可能なＡＩだが、現実の誰かの完璧な代わりになるかというと、また別の問題だった。

さくらはそのことに落胆《らくたん》と、ある種の理不尽さを感じていた。完璧な人格のコピーを作れれば、失敗を恐れずに何度でも告白をやり直し、あるいは楽しい時間を永遠に繰り返せるというのに。それこそが、今の時代にふさわしい生き方というものではなかろうか。

しかし、学校での裕彦の姿ひとつとっても、やはりデジタルではコピーし切れないなにかが生身の人間にはあるのを、認めざるを得なかった。

「魂は肉体にこそ宿れり、てやつなのかな」

ネット上には、ＡＩのことを人生における唯一無二の相方とすることに血道をあげる人たちがいる。そういうコミュニティには、かなり強い意味で人間と変わらない人格データがごろごろしていた。

であれば、生身の人間の物理的な複製まではもうほんの一歩のように感じるのに、彼らでさえ、現実へのジャンプはほとんどうまくいっていなかった。

魂は儚《はかな》いもので、今はまだデジタル空間でさえ、朧《おぼろ》げにしか存在できないらしい。

「うーん……」

さくらは再びベッドに横になり、唸《うな》る。

少なくとも現状の不満は、おとなしく学校に通うことで大まかに解消されるのだが、裕彦との間に決定的な一歩がもう二、三歩欲しいさくらとしては、セーブも巻き戻しも予行演習もできない現実をどうにかする必要があった。

現実をシミュレートできないものか。

リスクを冒《おか》すことなく前に進め、あわよくばそのシミュレートの中で永遠にまどろめないものか。

「現実、現実……」

目を閉じながら唸っていると、昼間の疲れもあってあっという間に睡魔がやってくる。

ほどなく夕飯で起こされ、重たい頭を抱えながらハンバーグを食べ、これはいかにも現実だと、さくらは思ったのだった。

土曜日の朝、学校に通い始めたら時間がなくてできなくなったジョギングをしていたさくらは、ペースの衰《おとろ》えを指摘するＡＩに散々罵られながら、いつものコースを回り終えた。

中三日を空けると、簡単に体が重くなる。そろそろ陽気も初夏のものに変わりつつあり、走ることそのものは気分が良いが、疲労や衰えのほかにも、汗やらなんやらという生物としての面倒くささにため息が出る。

運動しないと気が滅入《めい》るたちなので、登校前に早起きしてでも走るべきかもしれないと思いつつ、しかしそんなことをしたら日中起きていられる自信もない。朝練で疲れ果てた野球部員のクラスメートは堂々と寝ていたが、内弁慶のさくらにその図太さはない。

やはり学校などというシステムそのものに欠陥があるのでは、と思いながらクールダウンのために歩いて家まで戻ると、ちょうどさくらの家のインターホンに手を伸ばしている者がいた。

「ひーちゃん？」

　また重そうなものが詰まった袋を片手に立っていた裕彦が、さくらに気がついて驚いていた。

「え、ジョギングしてたの？　土曜の朝に？」

　学校では光り輝くくらいしっかり者だった裕彦も、学校外では運動が苦手なひーちゃんだ。

　そのことにさくらは気分がよくなる一方、走ってきたばかりの自分の様子に気がつき、急に恥ずかしくなる。

「でもちょうどよかった、さくら――」

「うるさい、ちょっと待ってて！」

　さくらは裕彦から可能な限り距離を空けて門を開け、振り返りもせずに玄関の中に逃げ込んだ。むくれながら靴を脱いでいると、リビングから母親の声が聞こえてくる。

「さくらー、ひーちゃんきたのー？」

　さくらはその声を無視し、風呂場に直行したのだった。

シャワーを浴び終え、着替えたさくらがリビングに行くと、テーブルの上には瓶詰《びんづめ》のジャムがずらずらと並んでいた。

裕彦の母親はこの手の手作りにはまっていて、食べる以上に作ってしまうため、常におすそ分け先を探している。一方のさくらの母親も似たようなもので、裕彦が大きな荷物を抱えて両家の間をたびたび行き来している原因になっている。

その物々交換を見るたびに非効率だと思いつつ、裕彦が家にくるのは悪くないと思っている。

「おばさん、またたくさん作ったね」

「食べきれないからやめてって言ってるんだけど」

「うちもだけど、なんでなくなる前に作るかな」

裕彦は苦笑いし、「あ、そうだ」と言った。

「うちの母さんからお使い頼まれてるんだけど、一緒に行かない？」

「はあ？　なんで――」

と反射的に言いかけたが、さくらは、えほん、と咳《せき》ばらいを挟《はさ》む。

「な、なにを買いに行くかによる」

とはいえ素直になり切れず、ワンクッション置いてしまう。

ＡＩ用の汎用端末を持っていない裕彦は、信じられないことにズボンのポケットからメモ帳の切れ端を取り出して、言った。

「しのだ屋さんって知ってる？」

万が一の可能性として、裕彦が素直にデートに誘うことができずお使いの体《てい》を取った、と妄想《もうそう》したが、そんなわけはなかった。

「漬物屋さんでしょ。有名じゃん」

ふてくされ気味に言うと、裕彦は「それそれ」とうなずく。

「しばらくお店を閉じてたらしいんだけど、再開したから買ってきてほしいって」

「ジョギングのときにお店の前通ったら、人がすごい並んでたよ」

普通なら絶対に店に並ぶなどしないさくらだが、裕彦に誘われたのなら断る理由はない。

「ひーちゃんは近所でもすぐに迷子になって泣いちゃうから、ついてったげるよ」

「……幼稚園の頃の話をいつまでも出さないでほしいんだけど」

嫌そうにする裕彦に、さくらは意地悪く笑ってやったのだった。

しのだ屋は戦前からあるという老舗《しにせ》で、立派な瓦《かわら》屋根が印象的な古めかしい店だ。そのたたずまいもあって、観光スポットとしてわざわざ遠方から買い物客がくるほどで、ついに市の文化財に登録されたらしい、とさくらのＡＩは概況を調べてくれた。

店が閉められていた理由は、女手ひとつで店を切り盛りしていた九十歳を超える女将《おかみ》さんが体調不良だった、というのもそのときに知った。

もちろん味も一級品で、さくらも母親からしっかりお使いを申し付けられていた。

「ドローンで通販もすればいいのに、店頭販売しかしないって頑固《がんこ》すぎない？」

「お店でしか買えないっていうプレミア感なのかもね」

「体験を売るってやつか」

パーカーのポケットに両手を突っ込みながら、さくらはそう言った。隣を歩く裕彦の手をちらちら見やるが、もちろんなにかアクションを取れるわけではない。さくらが裕彦と手をつないだのは、不登校を改めた初日の朝、家から連れ出されるようにして通学路を歩いたあの日が最後だ。

そもそも裕彦はこちらのことをなんだと思っているのか、とさくらは思った。学校に行く行かないの騒ぎのとき、事実上告白をしたみたいなものなのに、裕彦の態度は一向に変わらない。

小学校のときに散々繰り返した、喧嘩《けんか》と仲直りの延長だと思っているのではあるまいか、と考えざるを得ない。

ただ、はっきりと確認するのがさくらには怖い。現実にはセーブポイントも巻き戻し機能もない。そこでデジタルによるシミュレーションの出番だと思うのだが、今のところその機能の実現は叶っていない。

　それにこうして裕彦と一緒に歩いているだけでも、コピー人格ＡＩとする会話の差というものを、ひしひしと感じてしまう。チューリングテストのような、機械の知性が人間らしくあるか否かという意味ではなく、本物であるか否かという意味で。

　現実とデジタルの差。

　この現実感というものを摑《つか》めればそこもコピーできるはずなのだが、などと考えていたら、前方に行列が見えてきた。

「え、もしかして、あれってお店の列？」

「多分ね、さっきより伸びてるけど」

「……渡された小《こ》遣《づか》いじゃ割に合わない気がしてきた」

　裕彦はげんなりしているが、さくらとしては並ぶ時間は長いほうがいい。

　とはいえそんなことを素直に口にできるはずもなく、さくらは端末を操作する。

「私は宿題でもしてるかな」

　汎用端末ならホログラムのノートとペンをどこにでも出せる。

「なにそれ、ずるくない？」

「ひーちゃんも汎用端末買えばいいんだよ。家で禁止されてるわけじゃないんでしょ？」

「まあ、そうなんだけど……」

さくらとしては、このご時世に汎用端末を持っていないことのほうが社会的ひきこもりなのではないかと思うのだが、裕彦はなかなか端末を持とうとしない。

学校では情操教育だかなんだかの観点から、一度フルデジタルになった学習器具が再び物理に回帰しているので、あまり困らないのだろう。とはいえ裕彦のところは両親も機械音痴なので、単なる苦手意識のような気もする。

「ついでに数学教えてあげるよ。先生にさされて、ひーちゃんしどろもどろだったよね」

「……数学なんてＡＩが解けばいいんだよ」

裕彦が真顔で言うので、さくらは危うく手にしていた汎用端末を落としそうなくらい笑ってしまった。天気もいいし、最高の土曜日だと思いながら、さくらは理系科目が壊滅《かいめつ》的な幼馴染に勉強を教え始めた。

それから列も順調に進み、もう少しで店内に入れるというところで、さくらは道の向こうからやってくる一台のバイクに気がついた。

「あれ、ひーちゃん、ねえねえ」

「うー、あーちょっと話しかけないで、等比数列の公式が……」

脂汗《あぶらあせ》を流し始めるのではと思うくらい苦しんでいた裕彦をよそに、さくらはバイクに向かって手を振った。でかでかとお店のステッカーが張られた原付の運転手は、さくらに気がついたらしい。速度を落とすとウインカーを出し、近寄ってきた。

「小春《こはる》ちゃん、仕事？」

原付に乗っていたのは巫女《みこ》さんで、裕彦の姉の小春だった。

「小春おねーさんね。お仕事だよー。便利屋さんは土日も関係ないからね」

この小春は裕彦の家で唯一、そこそこ家電に強い。大学進学のために小春が家を離れていた間は、さくらがしょっちゅう裕彦の家に家電のことで呼ばれることになった。

小春は一年ほど前に大学を卒業して実家に戻ってきたものの、仕事にあぶれてしまったらしく鬱々《うつうつ》としていたのも記憶に新しい。小春とは歳の離れた姉妹のように仲が良かったさくらは、小春のそんな姿に胸を痛めていたが、今はこうして忙しく走り回っていることにほっとする。

最初は七五三みたいで笑いをかみ殺すのが大変だった巫女装束《しょうぞく》も、いつの間にか様になってきていた。

「裕彦はなにしてんの？」

「数学の宿題に苦しんでる」

「あー、私のお祓《はら》いでも無理なやつだね」

裕彦は姉の小春には強く出られないので、聞こえていないふりをしている。

「しのだ屋さん再開したんだねー」

「きゅうりの浅漬けどっさり買っておくよ」

「やーめてー」

きゅうりが苦手な小春が笑いながらそう言うと、肩に小鬼のＡＩアバターが現れた。

『約束の時間まであと五分』

「わ、急がないと！　さくらちゃん、またね」

「お仕事頑張《がんば》って」

小春は後ろを確認するついでに、さくらに向かってウインクして見せ、再び原付を走らせていった。

「忙しそうだね」

「あの格好で町を走り回るのやめてほしい……」

さくらは可愛いと思うのだが、釣りが趣味の父親が釣り人丸出しの格好で町を歩いているのを見かけたときのことを思い出し、裕彦の気持ちにも一定の理解を示す。

「デジタルお祓い師だっけ。その発想はありそうでなかった」

ＡＩ全盛の今、家電製品絡みの不気味な話が後を絶たない。

しかし、ＡＩにいかにして魂を入れ込むかという方向に興味があるさくらとしては、せっかく宿った魂を祓うなんてとんでもない、というところだ。

もっとも、聞いた話では機械音痴の人たちの代わりに家電の再起動をして回っているだけというので、世の中そんなものかと思う。

「あ、ひーちゃん、順番きたよ」

問題に唸っていた裕彦の肩を叩き、腕を摑んで店先に連れていく。

自然にこれができるのに、手をつなぐのは無理なんだよなあ、とさくらは思いつつ、賑《にぎ》やかな店内に入った。外が明るいので暗く感じたそこは、古めかしい土間づくりで、漬物の大きな樽《たる》がいくつも置かれている。漬物の酸っぱいような、甘いような香りはさくらも好きだ。

『ご注文お決まりですか？』

そこにＡＩのアバターが声をかけてくる。野菜を擬人化させたファンシーなもので、店内にはほかにも何体か飛び交《か》っている。どうやらお客一組に一体のようで、自分たちには一体のＡＩが張りついている。つまり自分たちは一組と見られているわけで、さくらはひっそりと、にんまりする。

『買い物メモはこちらです』

そんな持ち主をよそにさくらのＡＩが姿を現し、手足の生えた野菜に買い物メモのデータを送信していた。

『承りましたー。準備しますので、お待ちくださいー』

語尾を伸ばすのがいかにもキャラクターめいている。裕彦は手書きのメモを野菜のＡＩ

に見せ、野菜を模したＡＩから『今どき手書きのメモとは渋いですね』なんて言われていた。

　土間に漬物の樽が並ぶような店で渋いと言われる幼馴染に、さくらは笑ってしまう。

「なんかもっとがちがちにレトロなお店を想像してたんだけど」

　野菜ごときに茶化されていた裕彦は、一仕事終えたとばかりにほっとしたように話しかけてきた。

「漬物の計量もロボットだしね」

　樽から大根やらきゅうりやらを取り出して袋に詰めるのは、大きな汎用マジックハンドにゴム製のキャタピラーがついた、いかにもな産業ロボットだった。広い店内をお客の間を縫って歩き、せっせと袋詰めをするには適しているのかもしれない。

　ただ、建物は「歴史的建造物」と呼ばれそうな古いもので、店内は木樽に詰め込まれた発酵食品というアナログの極致のような品物で溢《あふ》れている。

　そのことと、店内を飛び交う最新のデジタルシステムとが、心地よい対照性をなしていた。

「未来っぽいデザインより未来みたい」

　さくらが言うと、店内の掲示物を熱心に読んでいた裕彦が振り向いた。

「さくらの言うとおりかも。このお店は最新のＡＩシステムと統合されてて、市の助成プログラムの対象になってるってさ。色々あるんだな。へえ」

　裕彦は学校からのお知らせも熱心に読むタイプだ。

「ひーちゃんそういうの読むの好きだよね。というか見てあれ、古いレジスター」

　裕彦の服の袖をつかみ、お店の奥を指さした。そこには錆《さび》の浮いた鉄の塊が置かれ、扱うたびに心地よい機械音がする。

　それを操るのは三角巾を頭に巻いた、細身のすらりとした大人の女性だった。きりきりとＡＩに指示を出し、てきぱきと袋詰めをして、あれこれ切り盛りする感じが堂に入っている。

　働く大人の女性だ、とさくらが感慨《かんがい》深く眺めていると、店内を忙《せわ》しなく行きかう非人型ロボットが、お盆にお茶とお新香をのせて持ってきてくれた。さくらと裕彦がありがたくぽりぽり漬物をかじっていると、聞くでもなくお客のおばさんの声が聞こえてきた。

「あらー、じゃあ、あなたが跡取りさんなのねえ。いや、うちのおじいちゃんが若い頃の女将さんにそっくりだって言うもんだから」

「よく言われますけど、仕込みの腕はまだまだ追いつけていなくて」

　そう言って、レジを操りながら優美な所作で微笑む様は、美人女将の名に恥じない艶《つや》やかさがある。客が多くて忙しいせいか、やや髪がほつれ気味なところがなお働く女性の色気っぽく、いつものパーカーとハーフパンツという自分の格好に気がついたさくらは、隣の裕彦が気になってしまう。

「この味で十分よ！　なんにせよお店を開けてくれてよかったわあ」

「これからもご愛顧のほど、よろしくお願いいたします」

新女将はそう言って、頭を下げていた。

前の店主は九十を超え、体調不良で長く店を閉めていた。この漬物屋という容《い》れ物は百年以上の歴史を誇っても、中身はきっと二度か三度は入れ替わっている。

現実の時間は止められないのだ。

『次の方、お会計どうぞー』

野菜アバターのAIがさくらたちを呼びにやってくる。デジタル至上主義のさくらでも、無人店舗のような会計をしないお店はあまり好かない。通販なら全く気にならないのに、店の物を持ち出すときには、やっぱりお金を支払ったという儀式が必要な気がする。

レジの横では、美人な女将さんが透明な袋に詰められた各種漬物を点検し、大きな袋に詰めている。手慣れた様子に裕彦とともに感心し、つつがなく端末経由で支払いをする。

「新しいしのだ屋をこれからもよろしくお願いします」

輝くような笑顔で言われ、裕彦はややどぎまぎしていたが、それはさくらも同じだった。

前の女将さんの若い頃にそっくりだというので、しのだ屋が繁盛《はんじょう》してきたのは漬物の美味《おい》しさだけではないのだろう。そんなことを思いながらさくらは自分の分の漬物を女将さんから受け取ろうとして、ふと動きが止まった。

「どうされました？」

女将さんが笑顔で尋ねてくる。

さくらは我に返り、慌《あわ》てて首を横に振り、愛想笑いをして袋を受け取った。店内は相変わらず混んでいるので、先に出ていた裕彦を追いかけるようにさくらも店から出る。

土間の敷居をまたぎ、明るい外に出て目をしばたたかせながら、さくらはつい今しがた感じた違和感を思い出していた。

「さくら」

と、裕彦に声を掛けられ、顔を上げた。

「お昼御飯どうする？」

「……」

眩《まぶ》しいのと考え事を邪魔されたのと、お昼を誘われた嬉しさがごっちゃになって、喉《のど》の奥が大渋滞を起こしている。

混乱の中、強引に頭の中で優先順位をつけて、さくらは言った。

「こ、小春ちゃんお勧めの、レトロな喫茶店があるんだけど」

「ん？　あー、あそこか。オッケー」

さくらのことにはなにも気がついていない様子の裕彦は、さっそく歩き出す。

さくらもその横について歩き出しながら、軽く振り向いた。

大繁盛する老舗漬物屋の、しのだ屋。

さくらはポケットの中の汎用端末を、つるりと撫《な》でたのだった。


小春お勧めの喫茶店は雰囲気もいいし、コーヒーもオムライスもおいしかった。味覚の再現も口の中に機械を突っ込むことでできるらしいが、食事の代替になるにはまだまだだろうなあとさくらは思いながら、裕彦とのお昼ごはんを堪能《たんのう》した。

そして家に帰りつくと、裕彦は家から持ってきた以上の手作り食品を麻袋に詰めていた。そこからまた裕彦と外に……とまでは積極的になれないさくらは、玄関で裕彦を見送ってから部屋に戻り、古めかしいパソコンを起動させて物理実体のキーボードを叩いた。

『漬物屋がなにか気になりました？』

郵便ポスト経由で、ＡＩが話しかけてくる。

「お店の様子、記録してるでしょ？」

『無許可ですから映像は撮影していません。音声だけならいつものところに』

「十分」

裕彦のコピー人格を作っていた流れで、さくらは裕彦といるときには常にレコーダーを動かしている。変態めいているとわかってはいるが、聞き逃したくない会話があったりするのだから仕方ないと思いつつ、やはりよくない趣味だと自覚があるので後ろめたいが、こういうときには役に立つ。

『あの物腰を参考にして練習しても、あなたには似合わない気がしますけどね』

「……」

郵便ポストを半目で睨み、手を伸ばして横倒しにした。

『あの？』

ポストには手足がないのでどうにもできず、ぴかぴかと受け入れ口が光るだけなのが哀れを誘う。さくらは少し溜飲《りゅういん》を下げ、物理実体を持たせていると、こういうときに便利だと思う。

「そんなんじゃない。というか、確かに完璧な美人さんだったけど」

さくらは言って、ヘッドホンをかぶる。そして音声を再生すると、環境音とともに店の様子が再現されるが、すぐに背景の雑音は小さくなっていく。ＡＩが気を利かせて処理してくれたのだ。

——よく言われますけど、仕込みの腕は……。

あの女将の声に集中して耳を澄ます。

——新しいしのだ屋を……。

接客業らしくはきはきとしているのに、ちょっと柔らかなところを残した艶っぽい喋り方。さくらはその声をもう一度再生する間に、チャットツールでネット上の知り合いを呼び出した。

『なにか用事？』

けだるそうな、お高くとまった、声だけで美少女だとわかる話し方。

実際、ディスプレイに映っているのは、どこか南の島の浜辺沿いのテラスで、白いテーブルの上にあるトロピカルドリンクのストローを物憂《ものう》げにいじる、白いワンピースを着た美少女だ。

つばの広い麦わら帽子をかぶり、この世には存在しない夏の美少女像を体現しているのは、ＡＩのかなえだった。

「かなでは？」

ネットで知り合った人物の名前を告げると、かなでのＡＩであるかなえは肩をすくめた。

『部活の大会で夜までいないよ。私はここでお留守番』

かなではさくらより一個上の女子高生と聞いているが、さくらはあんまり信じていない。声は簡単に変えられるし、かなでのかなえに対する愛は常軌を逸《いっ》しているので、ばりばり部活に励《はげ》む女子高生、という設定はそぐわない気がした。では回線の向こうにいるのがどんな人物なら相応《ふさわ》しいだろうかと考えると、さくらにはさっぱり思いつかなかったのだが。

とはいえ別に真実などどうでもよく、ＡＩへの情熱を共有できていればそれでよかった。

「そっか。じゃあ、かなえでいいや。これ聞いてほしいんだけど」

しのだ屋の女将の音声を、店の名前だけ切り抜いて送る。しのだ屋の名前がわかると、住所がある程度絞り込めてしまう。ネット上での最低限のリテラシーだ。

かなえはストローを指先で弄《もてあそ》び、肩をすくめた。

『これがなあに？　まあまあ美人さんの声だけど』

「これって、人間のもの？　ＡＩじゃなくて？」

さくらが会計のときにふと抱いた違和感がそれだった。美人女将は疑いようもなく人間のように見えたけれど、裕彦の言葉がひっかかったのだ。

最新のＡＩ環境に統合され……。

ならば、人間に店番をさせるのは奇妙なことだと思った。

そんなさくらに、かなえは少し小首を傾《かし》げてから、すらりとした足を組み替えた。

『……そう言われたら、ＡＩかも……って感じかな。音声だけだとなかなか判別は難しいよ。これって現実での音声でしょ？』

「そう。お店で女将さんの声を録音したやつ。あまりに自然だったんだけど、多分ＡＩなんだよ。そんなすごいやつが普通のお店にいるのかって思って」

『もしＡＩだったら、そのお店に特化させてるのかもね』

「特化……？」

『場の雰囲気ってやつ』

架空のデジタル空間で、生身のアイドルではおよそ不可能な姿を体現しているかなえの言葉に、さくらは思わず笑みが引きつってしまう。

「ＡＩがそんなこと言うとは思わなかった」

『当たり前のことだよ。その場になじんでるっていうのは、言葉の綾じゃなくて、本当のことだもの』

「……」

さくらは椅子《いす》の上での立膝をやめ、真面目にディスプレイの中のかなえに向き合った。

視界の隅でポストの受け入れ口が不安定に明滅したのは、それは自分も指摘したではないか、という不満の表明だったのかもしれない。

「どういうこと？」

ストローをいじっていたかなえは、ちらりとさくらを見て、仕方ないなあとばかりにため息をついた。

『たとえば私がこの話し方のまま、そうだね、ラグビーの試合に出てたらどう？』

「はあ？」

『しかも敵のタックルをしこたま食らって体中泥だらけ。息も絶え絶えだけど、話し方はこのまんま』

淡々と話すかなえは表情を崩さないので、余計に口にしている状況との乖離《かいり》がすごい。

さくらはその場をどうにか想像しようとするが、丸い四角を思い浮かべることに近い。

「すごく、変だと思う」

『そういうこと。場面場面で適切な振る舞いってのがあって、発声というのは肉体に依存した行為だから、その動きに見合った間合いとか、調子とかがある。全身に力をみなぎらせていたら、力んだ話し方になるのが自然でしょ。だから、どんな場面でもある程度の会話を成立させることと、特殊な場面で完璧に会話することを両立させるのはとても難しい。逆に、そのどちらかならなんとかなることもある。ほら、ごく限られた条件ならうまくできるってことがあるでしょ？　たとえば、あなたとか自覚あるんじゃないの？』

「え？」

『内弁慶そうだし、学校ではどうだった？　家のようにふるまえた？　クラスメートに話しかけられて、しどろもどろだったんじゃない？』

「うっ」

裕彦との顛末《てんまつ》はかなえとかなでにも話していて、学校に通うことも伝えていた。

そして、かなえはユニコーンも恐れ入る高慢ちきな乙女なので、指摘にはいつも容赦がない。

さくらはぐうの音も出なかった。

「……ふるまえるわけないじゃん……」

『だろうね。そういうことだよ。ＡＩも同じこと。ごくごく限られた状況ならば、人間らしくふるまえるってこと』

南の島に風が吹いて、かなえの着ているワンピースの裾《すそ》が揺れる。

この世には存在しないのに、どう見てもこの世のどこかの一風景にしか見えない。

それはかなえの所有者であるかなでが、「夏の美少女としてのかなえ」に異常な愛情を注ぎ、細部にまでこだわって調整しているからだ。

『それに大事な点として』

とかなえが言った。

『物理実体はＡＩと現実との齟齬《そご》を押しつぶしちゃうからね』

「うん？」

『たとえば理想的な三角形は現実に書けないけど、現実に存在する三角形を偽物とは思わないって感じかな。むしろ物理実体は圧倒的な存在感で、多少の違和感なんかどんどん押しつぶしていく。それはそういうものなのだ、と思わせる力がある』

かなえの言葉に、さくらは思い当たることがあった。

「ひーちゃん」のことならばなんでも知っていて、どんなふうにからかえばどんな反応を示すか事細かに予測でき、それは人格コピーしたＡＩでも同様だった。しかしそのよく知っているはずの「ひーちゃん」は、学校では全く知らない「裕彦君」だった。

にもかかわらず、「裕彦君」は圧倒的な現実感を伴った存在だった。自分の予測と異なったり、ＡＩのシミュレーションとは違うからと言って、現実のほうが間違っている、と思うことはあり得ない。

現実というのは常に正解であって、間違えることがない。

「ということは、限られたシーンで、そこに物理実体を伴えるならば、あそこまでリアルにできるんだ……」

さくらは感嘆のため息とともにそう言った。

『あとはその女将さんが普通に人間、という可能性もあるけどね』

かなえはそう指摘したが、さくらは別画面でＡＩに検索させていた。その結果、表示されているのは裕彦がお店で目にしていた役所からの案内だった。そこにはこう書かれている。

しのだ屋は町の重要な文化財、並びに観光スポットとして、先代女将の協力のもと、無人店舗として存続させる。

無人店舗だ。

つまり、あの美人女将は、人間ではない。

『まあ、詳細わかったら教えてね。かなでもＡＩの物理実体には変な夢を持ってるみたいだからさ』

　ＡＩに物理実体を持たせることは、ＡＩに愛情を注ぎ込む者たちの最後の夢だ。けれど、手を伸ばしたくても伸ばせないのは、ＡＩ相手に限ったことではない。

　さくらはそんなことを思いつつ、返事をした。

「了解。とはいえ、かなえの実体化は私も無理だと思うな……」

　かなえの肩をすくめる動作さえ、まさに現実離れした優雅さなのだった。

　さくらがしのだ屋の女将に強い関心を持つのは、もちろん自分の野望のためだ。

　完璧な現実のシミュレートができれば、リスクを負わずに裕彦との関係を進められる。それどころか、あるシーンを切り取って、いつでも再現することが可能になる。

　もちろん、世の中にはそういう方向の技術が存在していることは知っている。

　たとえば伝統芸能や職人など、実際に人の動きを完全に保存し、再現するプロジェクトが当たり前に行われている。ただ、さくらの記憶ではその手の物は定型の行動をコピーしたものであって、人格コピーに焦点《しょうてん》を合わせていなかった気がするし、行動こそが重要なため、社会科見学などで見たときはやはりロボット感が否めなかった。

そんなわけで物理的な方面にはあまり関心がなく、端末上の、デジタル上での人格再現にばかりかまけていた。それにデジタルで完璧にコピーできれば、現実などなにするものぞ、という単純な思い込みもあった。

それを打ち砕《くだ》いたのは、学校に通った三日間の体験だった。ＡＩとしての完璧さは決して、現実の完璧な模倣という意味ではないらしいことを学んだ。むしろ現実というものは、理不尽なほどの存在感で、デジタル上の完全性を平気で踏みつぶす。

現実と現実の忠実なコピーは置換可能なようでいて、まったくの別物なのだ。

ならば物理だった。現実をもうひとつ、この現実に作り出すほかない。

手掛かりはある。あのしのだ屋の女将だ。

そんな妄念が頭を支配し始めていたさくらだが、ある種の現実というものが立ちはだかった。

『ソフトウェアはコピペが可能ですが、ハードウェアはそうもいきませんからね』

郵便ポストがピカピカと光る。さくらはベッドに突《つ》っ伏《ぷ》し、古めかしいディスプレイには、人型の機械素体のレンタル料金が表示されている。

高校生に手を出せる値段では到底なかった。レンタルでこれだから、買うとなれば途方もない金額になるに違いない。

『顔の造形は案外安いのですね。それでもまあ、高校生のアルバイトでは厳しいですが。

三か月から四か月分ですかね』

「うう〜〜……」

コピー人格の作成ならば、お金はほとんどかからない。データ収集はほぼタダ。人格をコピーするためのAI素体も、ネット上で探せばオープンソース形式の最新鋭のAIシステムを無料でダウンロードできる。

　さらにはSNS上では、SNS上でのポイント稼ぎのために誰かに親切にしたくてうずうずしている人や、人間並みのAIがひしめきあっているので、使い方を聞くのもわけはない。手取り足取り教えてもらえる。

　だが、ハードウェアだけは話が違う。

　五つのパンと二匹の魚では、五千人の腹を満たすことはできないのだ。

「現実はこれだから嫌なんだ……」

　枕に顔をうずめたまま呻いていると、ポストが呑気な感じに言った。

『頭部だけのモデルなら現実的ですよ。頭蓋骨《ずがいこつ》の強度を求めないのなら3Dプリンターで安くできますし、可動部もさほど多くありません』

「……」

　さくらが顔を上げると、ベッドと机の間の空間に、頭部だけ販売するサイトの情報が表示されている。おそらく体部分とつなげることが前提だろうが、頭だけでも稼働すると書いてある。

「頭だけ……頭だけ……？」

さくらはつぶやきながら想像してみる。

『うまく服で体部分を隠せば、会話するくらいでしたら問題ないと思いますが』

ＡＩらしい合理的な見解だが、さくらは想像の中でさえ違和感を拭《ぬぐ》えない。

「むしろ顔だけ本物っぽくて体がなかったら、余計に変だと思う」

『不気味の谷という概念でしょうか。共感できなくて残念です』

少し違う気もするが、似たようなものだろう。さくらはため息をつき、手を振って空間上にディスプレイを呼び出すと、しのだ屋の情報を表示させた。

「しのだ屋のアルバイト店員、という体《てい》でひーちゃんのアンドロイドも作ってくれないかな」

『現代ＡＩでさえ思いつかない身勝手な発想に脱帽です』

「あるいは、あれを作った会社に頼んでみようかな……プロトタイプみたいな扱いで格安の制作とか」

ポストの中でため息をつくように、ＡＩはＬＥＤをゆっくりとピカピカさせた。

さくらはしのだ屋のプロジェクトにまつわる情報を眺め、目を見開いた。

「あれ、知ってる名前がある」

主催は地元の商工会で、支援には市役所の名前があるが、協力企業もいくつかあった。

そこに小さく、椚山《くぬぎやま》映像制作スタジオとある。さくらが自分と裕彦の人格データを作る際、動きの再現を頼んだところだ。

「……」

さくらはその社名をじっと見て、数秒後には連絡を取っていたのだった。


映像制作スタジオの椚山はさくらの話を聞くと、快くしのだ屋のプロジェクトについて教えてくれた。アンドロイドの素体は型落ちの物を安くリースしていることや、それでもかなりリアルに仕上げられたのは、数十年分にも及ぶ店内の防犯カメラ等、行動データが豊富だったこと。

それらの話を聞く限り、どうやらハードウェアの技術的な問題よりも、データ量の問題のほうが大きそうで、さくらが裕彦のコピーを現実に呼び出そうとするのは決して不可能ではないが、乗り越えるべきハードルは厳然として存在する、という感じだった。

とはいえあのしのだ屋の女将の振る舞いについては、椚山も自信がある仕上がりということで、さくらがあのリアルさに感銘を受けて連絡したことを伝えると、ものすごく喜んでくれた。

それもあったのか、椚山は日曜日の夕方頃、しのだ屋に整備に向かうが見学にくるかと誘ってくれた。もちろんさくらはふたつ返事で頼み込んだ。

店番をしているとき以外の様子を見られるのは、いわばマジックの舞台を裏側から見られるようなもの。大がかりな装置は自分で買えずとも、その仕組みを知ることができるのも嬉しい。

さくらは椚山に礼を言って通信チャットを閉じると、さっそくアンドロイドのことについて調べ出した。

学校に通っている間に消費できなかった好奇心を使いつくすかのように、ネットの隅から隅まで回って情報を収集し、咀嚼《そしゃく》した。

深夜には部活の大会の打ち上げも終えたというかなでが合流し、ああでもないこうでもないと言い合いながら、電子の仮想世界と現実との橋渡しの方法を模索していた。

そんな楽しい時間はあっという間に過ぎ、かなでは部活で疲れたと言って午前二時頃に離脱した。さくらはここからが本番とばかりに髪をくり直し、パーカーの袖をまくりあげ、結局夜明けまでネットを巡《めぐ》り、朝日に塗りつぶされるようにベッドに倒れ込んだ。

しかし興奮していたのか、目が覚めたら三時間ほどしか経っていなかった。

居間に降りると、父親は釣りに出かけ、母親は裕彦の母親と買い物に出かけたらしく、誰もいない。テーブルには朝食用なのか昼食用なのか、おにぎりが用意されていた。

さくらは立ったままおにぎりをぺろりと平らげ、徹夜明けのテンションそのままに、とんこつ味のカップラーメンを作って追加で食べた。

げふっと行儀悪くげっぷをしたところで、なんだか久しぶりに自由な時間を過ごしていると思った。

「明日はまた学校か……」

憂鬱《ゆううつ》なのは、こんなふうに自分の時間を興味関心の赴《おもむ》くままに自由に使えないせいだ。

幼馴染の知らなかった一面が見られる、という餌《えさ》はあるものの、失うものも多い。

ひーちゃんではなく裕彦君の言動をコピーできれば、いちいち学校に行く必要などないのだからなおさらだ。

そして安全安心なコピー人格を用意できたら、あの鈍感で、いまいちなにを考えてるかわからない幼馴染から本音を引きずり出したり、こちらの本音を押し込んだりしてみたかった。

その結果を見たうえでなら、きっと自分も勇気を出せると、さくらはそう思った。

あるいは完璧なコピーを作れたのなら、玉砕《ぎょくさい》した後でも困らない可能性さえある……と想像して、さすがにそれは振り切りすぎだろうかと踏みとどまる。けれど、とさくらは歯に挟まったカップ麺独特の乾燥ネギを爪楊枝《つまようじ》で取りながら、考えざるを得ない。

もしも告白して裕彦にノーをつきつけられたら、自分は本物の裕彦とコピーのどちらを選ぶだろうかと。

コピーは本物ではないかもしれないが、現実のバックアップではある。人生の決定的な岐路をちょっと進んだ後、そこが選ぶべきではなかった道だと気がついたとき、完璧ではないが時間を巻き戻せると言われたら、多くの人がそうするのではないかとさくらは思った。

もちろんこの手の話にはいつも落とし穴があり、例えばホラー映画で愛する恋人を生き返らせようとしたら半分しか生き返らず、ゾンビとなって登場人物を襲うなんてのが定番だ。

けれどコピー人格はゾンビではないし、単に本物ではないというだけで、少なくともある時間軸においては本物と見分けがつかない存在だ。

完璧じゃないから、という理由でバックアップを取らないのは、決定的に変わってしまった関係性を復元する方法を手放すことになる。

現実というものは理不尽で、その理不尽さを減らせるならば、どう考えても減らすべき。しのだ屋のような人格の再現技術は、やはりどうしても欲しい。

食事をしたら眠気が出てくるかもと思ったが、さくらはむしろ腹の奥から熱を感じ、ますますやる気に火がついた。

椚山との約束まではまだ時間がある。

さくらは「よし」とつぶやいて、自分の部屋に駆け戻ったのだった。

太陽が色づき始めるころ、さくらは端末類をリュックに詰め、いつもの格好で家を出た。しのだ屋のプロジェクト開発を請け負っている会社の、技術的な見学をしに行くから遅くなるかも、と両親に連絡したら、漬物の作り方も教えてもらってきてくれと返事があった。

ただ、そんな呑気な返事の後に、こうも付け加えてあった。

明日は学校なの忘れてないよね？　遅くまで起きてると朝に起きられないよ！

そうだった、とさくらは学校のことを思い出し、アドレナリンかなにかで蓋《ふた》をしていた疲労感が漏《も》れ出てくるのを感じた。日曜の夕暮れの町を歩きながら、どうして日曜の夕方になると急に町が静かになるのか、その理由もわかった気がした。

みんな月曜日に備え、早く帰宅していたのだ。

それが当たり前の社会の仕組みだと言われたらそうなのだが、さくらにはやはり理不尽に映るし、人間の体が休憩をとらないと疲れ果ててしまうことそのものにも怒りを感じていた。睡眠不足という概念がなければ、まだ学校に通ってやってもいいと思えるのに。あるいは、一日が百時間くらいあるとか。

　さくらはそんなことをあれこれ考えつつ、足早に歩いて商店街に向かった。しのだ屋は午後六時閉店で、まだ多少時間があったのだが、無人店舗になったばかりのため、しばらくは早めに店を閉めるとのことだった。

　さくらが店に到着すると店前にひとけはなく、本日の営業は終了しました、の大きな看板がホログラムで空間上に表示されていた。店先から店内を見れば、作業をする椚山の姿が見えた。

　そんな折、突然郵便ポストが眼前に現れる。

　物理実体ではなく、電子のアバターとしての郵便ポストだ。

『電話です』

「電話？」

　AIを介した伝言でなく、電話をかけてくるような古風な習慣を持つ知り合いは一人しかいない。

「ひーちゃん？」

『あ、さくら？　今、電話大丈夫？』

「大丈夫じゃない」

　大丈夫じゃない、と冷たく答えるのは大丈夫なときだけ、というのは裕彦もわかっている。

特に気にした様子もなく『それでね』と用件を伝えてきた。

『今日この後、晩御飯一緒にどう？』

「えっ」

驚きの声が出る。裕彦から晩御飯を誘ってくるなんてあまりに珍しい。

しかし、たちまちネタは割れた。

『姉ちゃんが、様子を見に行けって。ほら、明日学校でしょ？　月曜日のことを考えて、日曜日の夕方は憂鬱になってるだろうからって』

ちょっと面白そうに言ってくるので腹が立ったが、当たらずといえども遠からずだ。しのだ屋にこないで家にいたら、鬱々としていたかもしれない。

『家に迎えに行けばいい？』

断られるとは全く思っていない様子の幼馴染の言い方に、さくらは面白くないものを感じつつ、断る理由はない。自分のちょろさにいらいらしつつ、答えた。

「今、しのだ屋さんにきてる」

『え？』

「無人店舗の開発にこの間のスタジオが関わってるって聞いて、メンテナンスの見学」

『へえ……じゃあ、しのだ屋さんに行けばいいかな。姉ちゃんが商店街の洋食屋さんの割引券くれたからちょうどいいかも』

裕彦の姉である小春のことは、本物の姉くらい慕《した》っているし、小春が裕彦をからかう様子は見ていてにやにやしてしまう。けれど、本人の口から姉ちゃん姉ちゃんと出てくると、それはそれでもやもやする。さくらはこんな自分の様子をＡＩでコピーしたら、論理的思考をするＡＩはどうやって気持ちに決着をつけるのだろうか、とちょっと気になった。

「じゃあ、適当にきて」

『はいはい』

そこで電話が切れる。顔の周りを漂っていた郵便ポストは、お加減いかがですか、とからかうようにピカピカ受け入れ口を光らせていた。

「お母さんに、ひーちゃんと御飯食べてくるって伝えといて」

『はいはい』

ポストは裕彦の口真似をしてから、光の粒になって消えた。まったく裕彦はお節介《せっかい》だと思いながら、やっぱり嬉しくて、しのだ屋の中に声をかける勇気もわいてきた。

「こんばんは」

すると色々な機材を広げていた椚山が気がつき、その体型も相まって布袋さんのような人懐《ひとなつ》っこい笑顔を見せた。

「おお、こんばんは。どうぞ中に」

閉店後の店に入るのは、独特の緊張感と、なぜかちょっとした優越感をもたらしてくれる。

敷居をまたぐとき、昨日よりも心なしか足を振り上げ気味にして、店内へと入った。

「こんなに機材使うんですね。端末ひとつつないで、ソフトウェアだけ更新するのかと思ってました」

椚山の周囲を見た、さくらの最初の感想がそれだった。

「ハードウェアはやっぱり色々と手間がかかりますね。本体の整備のときはもっとややこしくて、メカメカしい感じですよ。それがまた格好いいって感じてしまうんですけれど」

物理キーボードや古めかしいディスプレイを使っているさくらとしては、その気持ちがよくわかる。

「まあほとんどは計算するだけのシステムなんですけどね。これ全部をネット経由でやると、計算資源で予算オーバーなんですよ」

「クラウド経由のほうが高くなるんですか？」

「人の動きのシミュレーションのような、用途が狭い計算なら、その計算に特化したハードウェアを使用したほうがお得で早いことが多いです。最近はムーアの法則も落ち着いてますしね」

「ははあ」

ハードウェア開発では避けられない費用面で打ちのめされたさくらとしては、安く済ます方法はなんであれ知っておきたい。

「でも、やっぱり大変そうですね……」

用途不明の装置がいくつもケーブルでつながり、いくつかの装置は空間上になにかの数値を延々と吐き出し続けている。そのすべてに意味があり、撚《よ》り合わせることであのしだ屋の女将が動くのだ。

ソフトウェアの概念図ならばどれだけ複雑だろうと怯《ひる》まずに辿《たど》れるさくらだが、現物には現物の迫力があって、やや気後《きおく》れする。

「慣れですよ。ケーブルが増えるとそれだけでややこしそうに見えますし、どれだけ色分けしたって、すぐわけわかんなくなりますから」

そう言って笑う椚山の周りは、実際にケーブルだらけだ。いくらかは無線にしているにしても、電源供給は無線化できないので、完璧にすっきりさせるのは難しい。

「データでシステムの構成送りますよ。それと見比べれば、意外に単純だなとわかります。ただ、私の構成は素人《しろうと》感があるかもしれませんので、参考程度で」

そんなことを言って恥ずかしげに笑った椚山は、無味乾燥な球体状のＡＩアバターに指示を出し、さくらのＡＩがデータを受信した。

今は郵便ポストのアバターを纏《まと》っているＡＩが、物理の教科書で見かける回路図に似た物を空間上に表示する。さくらはそれをひとつずつ目で追っていく。

当たり前だが、回路図のほうはすっきりとして、わかりやすく、整然としていた。けれどケーブルは曲がりくねり、別のケーブルと重なり、さらにそこには経年劣化のあとや、誰かが別の作業でつけたのだろう目印などがあった。そこには回路図には抽象されえない、現実の複雑さがある。

データと、そのデータを現実に再現したものを見比べながら、さくらはゆっくりとひとつの事実がしみ込んでくるのを感じていた。それは、ＡＩ全盛であらゆることがオンラインで済まされるご時世だが、そのことは物事のほんの一面なのかもしれない、ということだった。家の建て替えのときに壁紙を剝《は》がしたら、その裏にはスマート家電のための配線がびっしりあったときの驚きに似ているかもしれない。

あるいは、と学校のことを思い出す。

学校とはどういう場所で、どんなことをするのか、システムはほぼ完全に把握《はあく》していた。人間関係もなんとなく想像できていて、だからこそげんなりした。でも実際に通ってみたら、中身は全く想像もしていない情報に溢れていて、文字どおり圧倒された。

あのすべてをコピーできるだろうか、とさくらは若干《じゃっかん》怯んでしまう。

けれど、昨日、店を訪れたときのあの女将の完璧さは、完璧としか言いようがなかった。もちろんかなえの指摘を忘れたわけではないし、学校のことを思い返せば、人はどんな場所でも常に同じ振る舞いをするわけではないから、完璧な女将のアンドロイドも店内でのそれが完璧なだけであって、別の場所ではいかにもなＡＩ臭《くさ》さを見せるかもしれない。

人のすべてをコピーする、というのは自分が思うほど単純ではないようだとわかっている。

だが、一部分ならば不可能ではないはずだし、今のさくらにはそれでも十分だった。

もしも女将と同じ精度で「ひーちゃん」をコピーできたなら、あるいは「裕彦君」をコピーできたのなら。

さくらは緊張と興奮に大きく深呼吸をして、期待に口元がにやつくのを我慢できなかった。

「あの、そういえば女将さんは？」

回路図をひととおり追いかけ、どこにどんな装置が使われているかは逐一《ちくいち》郵便ポストがネットから検索してくれていた。ついでに価格も表示してくれていたが、目を覆いたくなるような桁《けた》が記されている。ひとまず費用のことは無視しつつ、システムの構成を追いかけていたところ、肝心《かんじん》の女将が回路の中心におらず、ぽつんと空間が空いているのに気がついたのだ。

「奥の座敷にいますよ。メンテナンスのための再起動中です」

「見てきても？」

「もちろん」

さくらはケーブルを跨《また》ぎながら奥に向かおうとして、「あ」という椚山の声に足を止める。

「奥にバイトの子もいるんですけど、再起動終わったらこっちに女将さん連れてきてくれるように伝えてもらえますか？」

「はい」

仕込み中の漬物でも詰まっているのか、本来広いはずの廊下は両脇に大きな棚が設《しつら》えられ、小ぶりの樽がずらりとならんでいる。塩と書かれた箱だけで何種類もあり、その文字も時の流れの中で消えかかっていた。

廊下の途中の小部屋の前を通ると、昨日の昼間、忙しそうに店内を走り回っていたロボットたちがしまわれていた。顔もなにもない、いかにも実用一点張りの産業ロボットだが、電源が落ちてしまわれている姿は、なんとなくしゅんとしているように見える。

空中を飛び回っていた野菜のアバターはもちろんおらず、そのことに気がつくと店内の静けさが一段深くなったような気がした。閉園後のテーマパークもこんな感じなのかもしれない、とさくらは思う。

それから店舗の奥に向かい、突き当たり手前の部屋にたどりつく。障子《しょうじ》張りになっていて、上がり口の前には、スニーカーが揃《そろ》えて置かれていた。

「すいません……」

そっと障子戸から顔を出すように中を覗《のぞ》くと、椚山のスタジオで見かけたアルバイトの高校生がいた。

「あ、この間の」

裕彦以外の男子を前にすると、さくらはたちまち体がこわばってしまう。

「……こ、こんにちは」

アルバイトは高岡藤次《たかおかとうじ》という名前で、一学年上だと聞いていた。自分の父親くらい歳の離れた椚山より、なぜか藤次のほうが強烈に年上だと感じてしまう。さくらは控えめに頭を下げてから、手短に用件を伝えた。

「あの、椚山さんが、再起動終わったら店のほうに来てほしい……と……」

さくらはそこまで言って、言葉が途切れてしまう。年上の、落ち着いた雰囲気のある男子を前に言葉を失った、というわけではなく、藤次の隣にいる、静かに目を閉じて正座をしている女性に目を奪われたのだ。

やや微笑んだような口元は、楽しい思い出を反芻《はんすう》しているように見えた。その女性が人ではないとわかるのは、首の後ろから延びたケーブルが藤次の膝にある端末とつながっているのと、その頭上に再起動中の文字と残り時間を示すカウンターが表示されているから。

それがなければまず機械だとは思わないだろう。

もっとも、ケーブルだとかホログラムの表示でさえ、こてこてのサイバーパンクな格好を好む人たちがやる偽アンドロイド風ファッションには珍しくないから、やっぱり事前知識がなければ、機械か人間かで判断に迷うだろう。

「とても機械には見えないですよね」

女将を模したアンドロイドを呆気《あっけ》に取られたように見つめるさくらに、藤次が言った。

「起動するともっと人間めいてますよ」

その言葉と同時に、カウンターが百%になって、再起動完了の文字が表示された。

『再起動します。周囲の安全を確認中……』

機械的な音声が女将から聞こえ、藤次は女将の首からケーブルを外し、少し距離を空けた。

『メンテナンスモードで起動します』

ぱちっと女将の目が開き、さくらは一瞬びくりとした。さっきまで良い夢を見ていたような顔は、目が開くと無表情で、なにか怒っているようにさえ見えた。

しかしそれも一瞬のこと。女将がちょっと疲れたようにため息をつくしぐさを見せた途端、もうそこには一人の人間がいた。

「不具合はありませんか？」

藤次の問いかけに、女将は顔を上げて、微笑んだ。

「おかげさまで」

「では、モーション系のアップデートをしますので、お店のほうまでお願いします」

「お手数おかけします」

正座の姿勢から立ち上がる様子も、機械めいた動きはどこにもない。それどころか、やや腰をかばうように立ち上がる様は、昼間の立ち仕事の疲れを感じさせたし、さくらは自分の母親のことを思い出していた。

「こんにちは」

さくらの前を通り過ぎるとき、女将は笑顔で会釈《えしゃく》してくる。

大人の女性の上品さにあてられたさくらは、どぎまぎしてうまく返事をできなかった。

つっかけを履《は》くしぐさもなまめかしく、これが色気というやつか、と変な感動を覚えていた。

女将や藤次に続き、さくらもその後を追いかけた。

ぱたぱたと可愛い音を立てながら歩く女将の後ろ姿には、なぜかはっきりと、何十年もこの店舗で働いてきた人間らしさがあった。それは多分、廊下に並んだ棚に収められた樽の様子をちょっと見るしぐさや、落ちてるごみを拾うそつのなさなどなのだろう。

さくらはそんな女将の様子を眺めながら、改めて思う。もしもこの精度で裕彦をコピーできるのなら。

それだけで顔が赤くなるくらい、目の前にいるのは人間らしい存在だった。

「社長」

藤次が声をかけると、店先で腰を伸ばしていた椚山が気がつき、店内に戻ってくる。

「再起動は難しくなかったですか？」

椚山の問いに、藤次は困ったように笑っていた。

「端末の作業ＡＩが全部やってくれましたから。あと、エラーログはいくつかありましたが、女将さんの持病の腰痛までモーションデータが再現してしまっているせいではないか、という診断でした」

「本当ならそこを取り除けたらいいんですけど、予算がないんですよねえ」

椚山が出張《でば》ってきているというのは、もちろんモーション作成の専門家だからだろう。ある人物の動きを取り込み、ＡＩがその動きを演繹《えんえき》して無限の動きを作り出す。人間の体の構造はある程度決まっていて、どういう体つきで、どういう性格の人間ならばどういう動きをするか、というのは驚くほど類型化されている。完璧な夏の美少女像を模しているＡＩのかなえが、荒々しい筋骨隆々のラグビー選手とは全く違うしぐさを見せるのと同じこと。

ただ現実のデータを使うことには問題もあって、本物の女将の行動データを元にしているせいで、機械の女将も身体の不調に由来する動きを再現してしまっているらしい。あの畳《たたみ》の部屋で腰をかばうような立ち上がり方をしたふうに見えたのは、気のせいではなかったようだ。

しかしややこしいのは、機械からすれば身体の不調を再現するようなことはエラーに数えられる不自然なことなのだろうが、さくらの目からすると、あの腰をかばうしぐさこそが、人間らしさを猛烈《もうれつ》に強めるものだった。

「じゃあ、モーションのアップデートしましょうか」

椚山のその言葉は、藤次にではなく、静かにたたずんでいる女将に向けたもの。

「はい。よろしくお願いいたします」

「昨日、今日と実際に店内で働いてみて、どうでした？　女将さんのほうからなにか希望はありますか」

椚山の問いに、さくらはやや面食らう。

「そうですね……。本当は、自分の手で糠床《ぬかどこ》をかきまぜたいのですけど」

困ったように笑う女将に、さくらは笑っていいものかどうかわからなかった。

これは本当にＡＩなのだろうか、と強く思った。通信先に療養中の本物の女将がいて、単に機械の体を操っているのではなかろうか。

「糠床をかきまぜるのはちょっと……難しいんですよね……。女将さんが仕込みをされていたのは営業時間外で、元になる動きのデータがないんですよ。それと、やっぱり糠がついたりするとハードウェア的に問題がありまして」

「ええ、もちろん事情は把握しております。ただふと、レジから出て行ってかきまぜたくなるときが」

そう言って悪戯《いたずら》っぽく笑う様に、さくらはなぜか泣きたくなる。事故で足を失った人が、義足をつけてスポーツに挑むドキュメンタリーを観ているときと同じ気分だった。

女将は完璧に女将だった。唯一違うのは、人の体を持っていないことだけ。

この目の前の女将が人間ではないと誰が言いきれるのか。現代の技術は、人をひとり、現実にコピーできるのだ。

それから椚山は藤次に言って、ケーブルの渦《うず》の中心に椅子を置いてもらう。女将がそこに座ると、姿勢がいいせいか、それだけで絵画のモデルかなにかに見える。

「ブレーカーが落ちませんように」

椚山は縁起でもないことを言いながら女将の首筋にケーブルを差し込み、女将はくすりと笑う。

「人間ですよね」

と、いつの間にかさくらの隣に立っていた藤次が、ひとりごとのように言った。

「はい……あの、思っていたよりも、ずっと」

昨日、店に買い物にきたときは、レジの受け渡しというほんの一瞬で、ＡＩではないかと勘が告げた。なので幾分、油断していたところがある。

けれどさくらはずっと圧倒されっぱなしだった。

　かなえの言ったとおり、現実感というものにはすさまじい威力がある。

「今までは映像や、仮想の存在としてＡＩなんかを見てましたけど」

　さくらの隣に立つ藤次には、裕彦が持っていない種類の落ち着きがあった。どこか透徹したような、やや厭世《えんせい》的といってもいいような雰囲気だ。

　年上ということでそう見えるのだろうかと、さくらがどきどきしていると、藤次は言った。

「現実のこれを見たら、人間なんて要らないかもって思っちゃいますよね」

　その言葉はＡＩ全盛の今、もはやなんの感慨もわかないような使い古されたものでありながら、さくらは初めて耳にしたような気にもなった。その理由はすぐにわかった。藤次の横顔であり、その口調だった。

　皆が冗談で口にするようなときの雰囲気、あるいは、ＡＩを受け入れられない両親の世代が嫌悪と怖《おそ》れを見せるときの雰囲気とも違う、そこにはまっすぐな気持ちが見て取れた。

　理由はわからないし、藤次が連れている鳥のＡＩは既製品ではない使い込まれたＡＩ独特の匂いがあったから、決してＡＩ反対派でも、ＡＩに興味がない層でもないだろう。

　ただ、さくらはその藤次の反応が、純粋に自分の考えを肯定するものだと受け止めていた。

そう。人間なんて要らないのだ。

コピーがあれば、現実であくせくしたり、やきもきしたりする必要はない。

目の前で椅子に座り、静かに情報をアップデートされている女将を見つめながら、さくらはこぶしを握《にぎ》り締めていた。そんなバカみたいな話、と呆《あき》れられるようなことが、目の前で現実になりかけていた。

費用の問題こそあれ、技術的には決して不可能ではない。

現実はやはり、コピーできるのだ。

さくらが興奮に息を呑《の》み、女将を食い入るように見ていたその瞬間だった。

「わっ」

さくらの顔の横を大きなハエが飛んでいき、思わず声を上げてよろけてしまう。自分の肩が隣の藤次にぶつかり、熱いものに触れたかのように体を引いたその直後、さくらは見た。

暖かくなってきたせいか、それとも漬物屋の美味しそうな独特の匂いにひかれてやってきたのか、フーンと羽音を立てて滑《なめ》らかに飛ぶハエは、女将の顔にぴたりとくっついた。

女将は優雅なしぐさで払ったが、ハエはひょいと手を避けて居場所を変えた。

それはあろうことか、女将の眼球の上だった。

しかし機械の体を持つ女将は、いささかも怯まないどころか、まばたきさえせずにハエに焦点を合わせ続け、あらあらと言わんばかりの手つきでもう一度払うと、ハエはあきらめたように飛び去った。

そんなハエを見やっていた女将は、さくらたちに気がついて、微笑んだ。

「もう暖かくなってきましたからね」

それは木造の古い建物でお店を営《いとな》む者に相応しいと言えるような、あるいは田舎の祖母が見せるような、昆虫への鷹揚《おうよう》さだった。

普通なら、そうですね、と笑い返し、いかにも人間らしいなと思ったかもしれない。

だが、さくらの目にははっきり焼きついていた。

あまりにも完璧に人間の動きをする女将の眼球に止まったハエと、それにちらりとも動揺を見せなかった女将。

それは人間ではありえなかった。それは生ある者が見せる動きではなかった。なのに女将の振る舞いは完璧な人間であり続け、その落差に、さくらは急激に胃を絞られるような嫌悪感に見舞われた。

誰だ？　目の前で微笑んでいるのは、一体なんなんだ？

さくらの生物としての認知機能がきしんでいた。

「大丈夫？　顔が真っ青だけど」

さくらは気がつくと、藤次に腕を掴まれ、体を支えられていた。裕彦より背の高い藤次の手は、幼馴染のそれよりも筋張っていて、痩《や》せているのにひどく男らしかった。

その顔を間近から見上げると、再起動の際の作業で目が疲れているのか、ほんの少し白目の部分が充血しているのがわかった。

こちらを心配そうに見つめる間もまばたきしているし、その上にある眉毛《まゆげ》は、藤次の落ち着いた雰囲気に似合わずややぼさついている。

不完全な人間。

でも、生きていると感じられた。

服越しにさえ、鼓動《こどう》を感じられるようだった。

藤次は生きている。自分と同じ生あるものの側だということが、さくらの凍りついた血管に温かく流れ込んでくる。氷水の風呂に飛び込んだら、冷たさの後に猛烈な温かさが戻ってくるような変な感覚だった。

藤次の目をまっすぐに見返していたさくらは、血の気の引いた顔に、一気に血が戻ってくるのをはっきりと感じた。人間である藤次の顔から目を離せず、その腕にしがみつきたい誘惑《ゆうわく》に猛烈に駆られていた。

「さくら！」

はっと我に返ったのは、名前を呼ばれたから、というだけではない。

それが聞き慣れた声だったからだ。

「あ、ひ、ひーちゃん？」

自転車から降りるのももどかしそうな、でも自転車から降りるのをためらっているような、変な姿勢のまま店先で固まっている、裕彦だった。

物心ついたころから見慣れた幼馴染の姿なのに、裕彦の表情には初めて見る感情があった。

焦《あせ》っている。

そして。

『誤解があるようだから、記録映像を出したほうがいいかな』

現れたのは、藤次のＡＩである小鳥のアバターだった。

さくらが混乱したのは、話し方も声も、藤次にそっくりだったから。

「ちょっと」

藤次が諫《いさ》めるように小鳥に手を伸ばすと、映像に過ぎない小鳥は重力を無視してひょいと身をかわす。そんなことをしている間に、さくらは右手に圧力と温度を感じた。

ボイル・シャルルの法則を想起する必要などない。

自転車を降り、大股《おおまた》に店内に入ってきた裕彦が、焦ったような顔に怒りを若干滲《にじ》ませて、さくらの手を摑んでいた。

「なにしてんだよ」

裕彦には似合わない、男っぽい口調。

さくらの頭の一部分はそれをからかおうとするのだが、ほかの大部分が全く動かない。裕彦の目を見つめ返したまま、なにも言えなくなってしまう。

『急にふらついていたから、ちょっとした貧血かもしれない』

小鳥のＡＩがそう言った。声の方向と、裕彦の視線から、さくらは自分の頭の上に小鳥がいるらしいとわかる。

「そうなの？」

そして、裕彦の視線が自分に向けられ、さくらはまた頬《ほお》が熱くなりかけるが、それを隠すために限界までうつむいて、答えた。

「……た、ぶん」

すると裕彦はひゅっと息を大きく吸ってから、長く大きいため息をついた。

「もう、なにしてんだよ……学校で疲れてるのに、ジョギングとかしてるからだよ。というか、目の下凄《すご》いクマだよ。また徹夜？」

裕彦には生活パターンも、普段の顔色も、なにもかも把握されている。

うるさいな、と振り払おうとするが、声は出ないし、手は動かない。

「うん……」

そうやってうなずくのが精いっぱいだった。

「まったく」

いつもなら歯を見せて唸るくらいむかつく呆れた顔だったのに、さくらは目を合わせることさえ難しかった。

「先輩、すいません。連れて帰りますね」

「あ、うん」

その返事は、小鳥がちょうど藤次の肩に止まったときだったので、どっちが言ったのかわからなかった。

でも、結果は同じ事だ。

裕彦はケーブルの山に座るようにしてアップデート作業をしていた椚山にも頭を下げてから、さくらを強引に店の外に連れ出した。いつの間にか夕焼けは鳴りを潜《ひそ》め、夜のとばりが降りている。商店街はすっかり静まり返っていた。

振り向くと、やけに明るく感じられる店内から藤次がこちらを見ていたが、椚山に呼ばれてなにかの装置のケーブルを辿り始めた。彼らは閉店後の店内で仕事をしている人たちで、自分たちはそうではなかった。

音の聞こえなくなった漬物屋の店内で、椅子に座った女将が、静かな営業スマイルを浮かべて、さくらに向かって会釈をする。

それは先ほどからなにも変わっていないし、むしろアップデートを施されより人間らしくなっているはずなのに、もう、そこに感じるのは人間臭さではない。滅菌《めっきん》され、あまりにも美しすぎる、現実にはあり得ないＡＩの具現化した姿だった。

「さくら」

名を呼ばれ、振り返る。

裕彦を見やると、そこには見慣れた「ひーちゃん」がいた。

「ほんとに大丈夫？」

呆れたような、ちょっと面倒臭ささえ匂わせるような、保護者面したいつもの憎たらしい幼馴染の顔。

けれど、さくらはもう知っている。このなにを考えているのかわからない幼馴染も、あんな顔をすることを。さくらの目の前にいるのは、教室で見せたような万人《ばんにん》受けする「裕彦君」ではなく、腑抜《ふぬ》けた鈍感の「ひーちゃん」でもない。

そこにはコピーでは表現しようのない、現実としての裕彦がいた。

「大丈夫、じゃないかも」

「えっ」

と慌てる裕彦に、さくらはようやく笑みを見せた。

顔に表れる感情を隠したくて、いつも以上に意地悪く、大袈裟《おおげさ》に笑ってやった。

「だから御飯食べに行こ」

「ん、え、はあ？」

困惑したような裕彦から手を離し、さくらは自分からもう一度その手を握り直し、言った。

「おなかすいたよ。今日、朝におにぎりとカップ麵しか食べてないんだよね」

「なにその組み合わせ」

さくらはにっと笑い、今度はたっぷりの理性を持ってしのだ屋を振り返り、椚山と藤次に頭を下げた。二人は揃って手を振って応えてくれた。しのだ屋の女将は律義《りちぎ》な様子で、客を見送るように深々とお辞儀《じぎ》をし、ケーブルが引っ張られたせいで椚山が慌てていた。なにもかも偽物だけれど、お店を切り盛りする女将としての矜持《きょうじ》には溢れていた。

「はは」

さくらはそんな様子に笑い、裕彦を見る。

「あれがＡＩの形なんだね」

「？」

裕彦は困惑して、いつものひーちゃんに戻っていた。

「ひーちゃんには難しいことかも」

「なにそれ」

不服そうに言う裕彦を無視してさくらは歩き出す。

さくらと手をつなぎ、自転車も支えていた裕彦は歩き出すのに難儀していたが、手を離そうとはしなかった。

ＡＩはまだ不完全だし、現実はもっと不完全だ。

けれどさくらは、明日も学校に行けるだろうと、裕彦の手を握り返しながら思ったのだった。

第五話

足袋《たび》を履《は》いて、白衣に袖をとおし、赤い袴《はかま》をつけて、千早《ちはや》をかぶる。

要するに多くの人が巫女《みこ》と聞いて想像する格好なのだが、青柳小春《あおやぎこはる》は鏡の中に映る自分の姿に、もう一度ため息をついた。

身につけている衣装はそれぞれ随分《ずいぶん》仕立ての良い物で、衣紋《えもん》掛けに吊《つ》るしているのを見たときには、良い物が自然と持つ威厳に圧倒された。

なのに自分が身につけると、凛《りん》としたたたずまいの巫女姿など程遠く、年賀におめかしした中学生みたいだという現実に打ちのめされるのだった。

「……まだまだ成長期はこれから……と思える歳でもないしなあ」

大学を卒業して、一年ほど経つ。立派な成人ではあるものの、小柄で童顔、夜十時以降に友人たちからはぐれるとかなりの確率で警察官に声を掛けられる小春は、精いっぱいしかめっ面をしてみせるが、やはり威厳は感じられなかった。

『小春、準備できたか』

そんな声が聞こえ、小春はしかめっ面のまま、鏡の中の自分の肩を見た。

そこには、いつのまにか手乗り文鳥くらいの大きさの小鬼が乗っている。

『相変わらず七五三だな』

桃太郎に出てくる鬼と、体が丸っこく手足がひょろ長い餓鬼《がき》のようなフォルムの中間といった感じのそいつは、口の悪さにぴったりな見た目をしている。巫女服に小鬼など狙いすぎな組み合わせだが、小鬼は小春が昔から使っているＡＩのアバターだった。

「もっと威厳が欲しい」

『なに、その見た目なら多少の失敗をしても許される。アバターの効果は大きいからな。むしろ喜ぶべきでは？』

「君は自由に姿を取り換えられるからいいけどさあ」

小春はそう言いつつ、小鬼の言うことももっともだと思う。

「今日も仕事がすんなりいきますように！」

鏡の中の自分を見ながらそう言って、立ち上がった。

世間はＡＩ全盛期。単純な仕事も単純じゃない仕事も、すっかり自動化され、人の働ける場所は限られている。就職現場は理系にあらずんば人にあらずの有様で、数学はからっきしの小春はお呼びではなかった。ならばと思い、人と人ならではのぬくもりを求めています系の求人に応募すれば、そこは人間力を試されるもっと過酷な場所だった。

そんなわけで小春は、大学卒業後定職に就《つ》けず、一年ほどふらふらしていた。昨今の同年代では珍しくもないことなので、国の手当てはちゃんとしていて食うには困らない。とはいえ人はパンのみにて生きるにあらずと言うとおり、気が滅《めい》入っていたところを親戚の経営している便利屋に拾われたのだった。

「頑張《がんば》らないとね。やっと手に入れた仕事なんだもの」

『その意気だ』

巫女服を着た小春の肩の上で、小鬼が宙返りをする。小春は仕事道具を入れた小さなリュックの中身を確認し、鏡台の上に置いていた平べったい黒曜石《こくようせき》のような端末を掴《つか》む。そして、最後に原付用の白いヘルメットを手に取った。

そこにはでかでかとステッカーが貼られている。

越後屋トータルサービス。あなたの困りごと、なんでも請け負います。

小春が勤めることになった越後屋トータルサービスは、どこの町にも一軒はある便利屋で、従業員は小春を入れて三名の小さな所帯だ。

オフィスは築四十五年になる木造家屋。軽トラを二台止められるガレージと、そのガレージの倍くらいの大きさの倉庫があり、廃品回収の品がぎっしり詰まっている。小春が身につけている巫女服も、不用品回収の際に格安で譲り受けたものらしい。年始にかき集められるアルバイトの巫女さん用ではなく、本物のしっかりした仕立てだ。ほとんど使われることなくお役御免になり、越後屋に引き取られたという。

少子高齢化もどん詰まりの昨今、お寺や神社の経営はきつい。それは決して聞きかじりの知識ではなく、小春にとっては切実に目《ま》の当たりにしてきたことだった。

なぜなら、原付にまたがり、真っ赤な袴を風に揺らしているほかならぬ小春も、奉職難民のひとりなのだから。

本当は祖父が神主を務める神社に奉職するはずで、神道系の大学も出て神職の資格も得た。

しかし祖父は大学一年のときに他界し、社殿は大学二年のときに落雷《らくらい》で焼け落ちた。祖父の神社があるのは過疎《かそ》化が深刻に進んだ地域のため、氏子は高齢化と人口減のダブルパンチで再建の資金など到底捻出《ねんしゅつ》できなかった。小春の両親は祖父の後を継ぐつもりなどさらさらなく、再建の目途《めど》は杳《よう》として立たない。

ではということで他の神社に奉職しようとしても、有資格者に対し神職の口はあまりにも少ない。世襲かよほどのコネがなければまずありつけず、そもそも小春が神道系の学部に進むということを両親が許してくれたのは、祖父の存在があったからだった。

祖父の死と落雷によって狂った人生計画なのだが、大学二年ならばまだ軌道修正の可能性は十分にあった。その時点で、留年覚悟でも学内転部すればよかったのだから。

けれど祖父の遺志を継ぐと心に決めていた小春には、それが薄情に思えた。家族の遠回しな、ときには直接的な転部の勧めも跳《は》ね返し、結局そのまま卒業した。

祖父の神社跡地で卒業を報告できたときは誇らしかったものの、それは現実逃避だったのかもしれない、と今では思わなくもない。

なにせ世の中は心意気だけでどうにかなるものではなく、奉職は早々にあきらめ、一般職の就職活動では経歴に珍しがられつつも、神道を学んできた小春のほうがお祈りされるばかりだった。

そして、ぶらぶらしていた小春のことを知った越後屋トータルサービスのオーナーが、仕事の依頼をしてきたのが二か月ほど前になる。不用品を整理していて、巫女服が出てきたことと、神道系の大学を出て無職のやつがいるという親戚間のネットワークで聞いた話とで、ピンときたというのだが、小春はその仕事を請けようかどうしようか、無職の身の上ながら三日ほど悩むことになった。

結局引き受けたのは、無職のままで実家にいるのは精神をむしばまれるからと、機械音痴だらけの家族を見るに、案外仕事としてうまくいくのではと思ったから。

小春の名刺には、こう書かれている。

越後屋トータルサービス専属、デジタルお祓《はら》い師。

神職の有資格者が、電化製品の不具合をお祓いします！

『次の角を右だ』

「はいはい」

ＡＩの指示に従い、ウインカーを出し、後方を確認し、右に曲がる。完全自動運転の原付だが、居眠り防止のために運転操作をしないとペナルティがつくのだ。体をやや傾《かたむ》けがちに交差点を曲がると、信号待ちをしていた下校途中の学生たちが目に入る。物珍しそうにしている彼らと、ちょっと目が合った。

仕事を始めた当初は、巫女服で外に出るのがコスプレめいていて恥ずかしかったが、今ではむしろ楽しく感じている。

これでもう少し仕事が充実していたらなあ、と小春は思う。デジタルお祓い師とは名ばかりで、やっていることは最近のスマート家電に疎《うと》い人たちのために、むにゃむにゃと祝詞《のりと》を唱える間にシステムの再起動をするのが主だった。その再起動やらも、全部小鬼のＡＩに任せっきりなので、小春は文字どおり、気休めとしてそこにいるだけだ。

とはいえ依頼が案外引きも切らないので、越後屋のオーナーは目のつけ所がいいのだろう。

今の世の中、人と変わらない受け答えができるＡＩが、家中のあらゆる家電に搭載《とうさい》されている。仕組みのことなどちんぷんかんぷんな人たちはもとより、それが単なる不具合だとわかっている人たちでさえ、不気味に感じるような出来事がまま起こる。そこでそれらしい格好をして、仰々《ぎょうぎょう》しく再起動してもらえるのは、特別な安心感を得られるらしい。

日本には付喪《つくも》神信仰《がみしんこう》がある、ということもこの商売に影響しているだろう。

まさにそれを実感するのは、壊《こわ》れてしまった家電を捨てるために、小春が呼ばれるときだ。人形のお焚《た》き上げみたいなもので、言葉を解す家電をそのまま捨てるのは忍びない、という人が少なくなかった。

小春の仕事は本来の神職からはだいぶ遠いが、単なる家電修理や廃品回収でもなく、うまく時代のニッチを捉《とら》えていたのだった。

そんなわけで今日も小春は、食いっぱぐれずに原付を走らせている。赤い袴を翻《ひるがえ》らせ、ＡＩの示してくれる道順に従い、町工場や倉庫の立ち並ぶ区画までやってきた。ＡＩ全盛と言っても、昔ながらの仕事はちょくちょく残っている。

仕出しの弁当屋さんではアジフライを乗せるおばちゃんたちの姿が見えるし、特注のばねを作る工場では、錆《さび》と油の混じった匂いをぷんぷんさせながらがしゃんがしゃんと機械が動いている。それらの前を通り過ぎ、目的地に到着する。

そこはだいぶ古ぼけた雑居ビルで、一階は紙の卸《おろし》商だった。

紙の塊を運ぶフォークリフトが忙《せわ》しなく出入りし、そのたびごとに、紙独特の匂いが鼻をくすぐった。そこに懐《なつ》かしさを感じるのは、高校までは情操教育とやらでノートやプリントが紙だったが、大学に入ってからはほとんどがデジタルで、紙に触れるのは特別な講義においてだけだったからだろう。その大学も卒業した今、次に物理の本を手に取る予定など一切ない。

ヘルメットを外しながらそんなことを思っていた小春は、事務所の部分で紙製品の小売りをしているらしいことに気がついた。ガラスの内側には色とりどりのノート類や、便箋《びんせん》の類《たぐい》が置かれていた。

「手書きの手紙なんて、生まれてから一度も書いたことないかも……ん？」

ショーウィンドウ越しに商品を眺めていた小春は視線を上げる。店内というより、事務所にちょっと小売りの場もくっつけましたという感じだったが、とにかくそこで商品をしげしげと眺めている客がいた。小春の目を引いたのは、それがこんな場には意外な、学ランを着た男子高校生と思《おぼ》しき少年だったから。

それと、その男子高校生の横顔に、どこか見覚えがあったのだ。

「えーっと……？　誰だっけ……」

唸《うな》っていると、ガラスの向こうの男子高校生は、なにかため息をつくように肩を落とし、外に出てきた。少年はうつむいたまま足元を見ているので、これ幸いと小春は少年の顔を見て記憶を手繰《たぐ》っていた。

もう少しで誰だか思い出せそうなのに、誰だったかわからない。

ＡＩに聞いてみようかと思った頃、ふと少年が顔を上げた。

「み、巫女さん⁉」

少年が目を丸くする様子に、小春の中で記憶がつながった。

「あ！　藤次《とうじ》くん！」

え？　という戸惑《とまど》いの顔のまま固まった少年の肩に、輪郭がぼんやり光っている小鳥が現れた。本物の鳥ではなく、ＡＩのアバターだ。

『ワタシのデータベースにない人物だ。気をつけたほうがいい』

鳥特有の鋭い目を向けられ、小春はややたじろいでしまう。

「べ、別に怪しいものでは……」

『越後屋トータルサービス、デジタルお祓い師……？』

手にしているヘルメットと、原付のステッカーから即座にネット検索したのだろう。

とはいえ、語尾を飲み込むような言い方はいかにも疑念を残したままだし、確かにこんな格好をしていて、しかもＡＩのデータベースにない人物からいきなり名前を呼ばれたら、特殊詐欺《さぎ》かなにかを警戒するのもむべなるかなと思った。

「ほら、私だよ、藤次くん」

目の前の少年と小春が最後に会ったのは、大学に通うための引っ越し前だから、五年くらい昔のことになる。そのときこの藤次はまだ小学生で、学童保育の手伝いをしていた小春は、そこでよく藤次の相手をしていた。

ただ、藤次が小春のことを同級生の女の子だと思っていたと判明したのは、ある日制服を着ている小春とばったり出くわしたから。

あのときの藤次の間抜け顔を小春は今でも思い出せるし、そのときの面影を残した顔で、藤次は口を開いた。

「小春……ちゃん？」

「久しぶり！　藤次くん、背が伸びたねえ」

あの頃は自分より背が低かった藤次も、順当に自分を抜き去っていて、小春は月日の無《む》慈悲《じひ》さに感慨《かんがい》を抱く。

「もう高校生かあ。というか、私のことは小春おねーさんと呼びなさいって言ったよね」

同級生だと思い込んでいたときの呼び名がそのまま定着してしまい、結局最後までおねーさんと呼んでもらえなかった。

上目遣《うわめづか》いに言うと、藤次は目をぱちくりとさせてから、苦笑する。

「今のほうがよっぽど、小春ちゃんって感じですけど」

小春の目線の高さは、藤次の肩あたりになる。肩幅も男女の差がはっきりしていて、往時の記憶ははるか彼方だ。

「まあ……否定はできないか」

とはいえ、藤次は敬語を使ってくれて、小春は少なからずこそばゆかった。

「こっちの神社に就職したんですか？」

藤次は他意のない様子でそう言ってから、小春の後ろにある原付に改めて気がついていた。

「あー、いや、色々あって、いまはここの便利屋さんで働いてるんだ」

「……」

なにか言おうとしてやめた気配があったのは、小春の格好のせいだろう。

「とはいえ、宣言どおり神職の資格は取れたからね。今の仕事もそれを活かしたものだよ」

若干《じゃっかん》話を盛って伝えると、藤次はほっとしたように笑ってくれた。

「そうなんですね。いや、それにしても、昔のことを思い出してちょっと恥ずかしいです」

「ん？」

「小春ちゃんは山に修行に行くんだってしばらく思ってましたから」

「へ？」

「神社の神主になるなんて、アニメとか漫画の世界の話に近かったですからね。本当はちょっと……いや、かなりうらやましかったんです。きっと念力かなにかを使えるようになるんだって思ってましたから」

確かに小学生男子からしたら、そういうものかもしれない。

ただ、線が細くて眼鏡をかけて、どちらかというとがり勉タイプだった藤次がそんなことを思っていたと知って、小春は純粋に面白かった。

「藤次くんはそういうのあんまり興味ないかと思ってた。きちんと男の子だったんだねえ」

小春はそう言ってから、今度は小春のほうが藤次の後ろを見た。

「ところで、藤次くんはこんなところでなにしてたの？　なにか買い物だった？　ここ、便箋とか売ってるんだね、初めて見たかも」

現役の男子高校生がこんなお店でなにを買うのか、と小春は純粋に好奇心で尋ねたのだが、藤次の反応は予想外のものだった。

「いや、その……」

藤次は急にもごもごと言葉を濁《にご》し、視線を逸らす。なにか聞いてはいけないことだったらしいとようやく気がついた小春が、フォローを入れようとしたときのこと。

『小春ちゃんこそ、なんでこんなところに？　仕事の道具を買いにきたとか？』

藤次の声に、小春は反射的に答える。

「私はここの上の階に用事があって……って、あれ？」

なにか違和感があって首をひねる。

すると、はっと我に返ったような藤次が、自身の肩を手で払う。

「声真似するんじゃない」

『はは』

藤次の肩に乗っていた小鳥のＡＩが、手から逃げるように飛び上がり、反対側の肩に乗る。

「あ、今のＡＩか」

声をサンプリングして合成したのだろうが、まったくわからなかった。

「なんか変ないたずらを覚えてしまって……」

藤次はそう言って、肩の上の小鳥のＡＩを苦々しく見つめる。

「うちの子も口が悪いから、わかるなあー」

『正直なだけだ』

肩口にふっと現れた小鬼はそう言って、不満そうに胡坐《あぐら》をかく。

『その格好にそのアバターは、狙いすぎじゃ？』

「この格好だと式神《しきがみ》みたいでいいでしょ。中二病かって言われるけどね」

小春は笑いながら答え、再度気がつく。

「あ、今のもＡＩか。全然わかんないね！」

そう言ってから、小春はまじまじと藤次の小鳥のＡＩを見やる。

鳥らしく、そっけない澄まし顔だ。

「声はもちろんなんだけど、会話も違和感ないのがすごいな。人格コピーしてるわけじゃないんだよね？」

ＡＩ関連のアプリには、既存の人物の行動やらを学習させて、コピー人格を作れるものがある。パーティーグッズとしては笑えるし、人間のアイドルのコピーＡＩなんかは定番の人気商品だ。

「そんなことしてないんですが……」

藤次はあきらめ気味にそう言った。

「学校の友達がちょっと変わったやつで、その影響を受けてるみたいなんですよ」

「へー」

ＡＩは学習し、朱に交われば赤くなる。一体どんな友達なのかやや興味がある。というか藤次は今どんな高校生なんだろうか。うやむやになってしまったが、紙屋さんに買い物にきていたことも聞けずじまいだ。むくむく好奇心がわいてきたところに、小鬼の声が割って入った。

『小春。約束の時間まで二分だ』

「え？　あ！　仕事！」

完全に忘れていた。

「あー、えっと……あ、じ、じゃあ、藤次くん、またね！」

言葉がつっかえつっかえになってしまったのは、連絡先を聞きかけたから。けれど藤次ももう小学生ではなくて立派な思春期の少年で、昔はよく遊んでたとはいえ五年ぶりで、向こうからしたら懐かしいだけの存在だろうから連絡先なんか聞かれても迷惑かとか、というか男の子の連絡先を聞くなんて初めてだとか思ってしまったのだった。

そうして小春は逃げ出すように小走りに駆け、雑居ビルのエントランスに入り、古ぼけたエレベーターのボタンを押す。

そして、上階から降りてくるランプを見ながら、意識しすぎだったかな……と自己嫌悪に似た物に苛まれていたら、肩を小鬼にトントンと叩かれた。

実際にはＡＩのアバターに質量はないのでそんなはずないのだが、動きがあると実際にそう感じる。

小鬼を見やると、背後を指さされた。

「へ、あ、あれ？」

そこには若干所在なげな感じの、藤次がいた。

「あ、自分もバイト先がここなんで……」

「……」

藤次から連絡先を聞くかどうかで変なことを考えてしまったせいか、なんだか非常に気まずい。小春は精一杯なんでもないふりをして、「奇遇だね！」と答えた。

ただ、エレベーターに乗ってふと気がつく。

バイト先がこのビルの上なら、その下にある紙屋さんで品物を見ていても別におかしくないのでは。藤次は一体なにをあんなに慌《あわ》てていたのだろうか、と思っていたら、エレベーターは四階に到着する。

そして、一歩踏み出したところ、同じようにエレベーターから出ようとした人物がいた。

「え」

「あれ」

小春は藤次と顔を見合わせたのだった。


椚山《くぬぎやま》映像制作スタジオ、と看板が出ていた。

「お待ちしてました！　ささ、どうぞどうぞ」

出迎えてくれたのは、このスタジオの代表という椚山だ。歳は四十代後半くらいで、落っことしそうなほど立派な腹と、妙な芝居臭《くさ》さが特徴的な人物だった。

「いやー、助かりました。越後屋さんのところでこんなサービス開始してるとは思いもしませんで！　高岡《たかおか》君！　お茶ね！　熱いやつ！」

どうやら藤次はここでバイトをしているらしく、妙な偶然もあったものだと思いながら、小春は勧められたパイプ椅子《いす》に座りつつ、周囲の状況に目をぱちぱちさせていた。

「すごい数のカメラですね……」

　そこは柔道の試合でも行われそうな部屋で、ほぼ正方形の間取りになっている。それ自体は珍しくないが、壁沿いにぐるりと支柱が立ち、大きなカメラがいくつもぶら下がっているのが目を引いた。それに、床にはテープで目印がつけられ、中心部には木箱が山のように積み上げられていた。

　スタジオというのだからなにかを撮影するのだろうが、小春がイメージしていたのとはだいぶ趣が異なっていた。

「変わったスタジオだね」

『ふん？』

　小春が小鬼に話しかけていると、藤次がお茶を持ってきてくれた。

「どんなのだと思ってたんですか？」

　学ランの上着を脱ぎ、ワイシャツ姿になった藤次を見た小春は、男子！　高校生！　と、胸中で変な悲鳴を上げつつ、なんとか平静を保って答えた。

「え、えー、ほら、白いスクリーンの前にカメラがあって、パラボラアンテナみたいなのとか」

「それはグラビアとかですね。うちはモーションキャプチャーなんですよ」

　答えたのは椚山だが、さっきからずっと、部屋の隅に置かれた古めかしいタイプのパソコンをいじっている。

「モーションキャプチャー。動画制作のために、役者さんの演技を撮影するんですよ」

藤次が代わりに説明してから、椚山の指示に従ってスタジオの真ん中に積み上げられた木箱を片付け始める。

「今日は結婚式の紹介用映像の撮影だったんです。新郎と新婦が出会った山登りシーンの再現だとか」

木箱を小春の隣にあるスペースに置きながら、藤次はそう言った。学童保育のときには本を手放さない、やや不健康な印象のあった藤次だが、立派に成長しているらしい。小春はその様子に、親戚のおばちゃんになったような感慨を抱いていた。

「じゃあ、木箱は山を模したセットってことか」

山のように積み上げられていた木箱は、そのままの意味だったようだ。

「ここで役者さんが演技して、そこにデジタル生成した新郎新婦の３Ｄモデルを当てはめるんです。それで感動的なシーンの再現をするんですよ」

「ふーん」

藤次はこういうセットを組んだり、雑用をしたりするのだろう。あまり一般的な仕事とは思えないので、きっとこの業界が好きでやっているのだ。アートな世界に向かうひたむきな高校生という、もはや小春には取り戻せない十代の青春を生きる藤次に対し、目標としていた職には就けず、若干まがいものめいた仕事をしている自覚のある小春は、やや苦みのあるうらやましさを感じていた。

そんなふうにせっせと木箱を片付ける藤次をぼんやりと見つめていたら、ぱちぱちとパソコンをいじっていた椚山が顔を上げたので、小春はそちらを見た。

「今日は青柳さんにお祓いをお願いしたくてですね」

「あ、はい。そのように伺ってます」

小春はそう言って、小ぶりなリュックの口を開け、中に収めてある折り畳《たた》み式の棒を取り出した。先端にはしゃらしゃらと御幣《ごへい》がついた大幣だ。おおぬさ、と初見で読める人はまずいない漢字で書く道具は、神社で神主さんが手にして振っているもの、と人に説明することにしている。

小春は自前の大幣を手にしながら、スタジオの片隅に神棚があることに、もちろん気がついていた。役者が演技をするということなので、怪我《けが》などの事故が起きないように、ということなのだろう。

小春は今回の仕事こそ、自分の望んでいたものなのではないかと奮《ふる》い立つ。

無事故祈願のお祓いなど、いかにも神職めいた仕事ではないか。

いつも繰り返している、若干良心の呵責《かしゃく》を覚える家電の再起動を待つ間の形だけのものではない。あるいは、ある日突然性格が豹変《ひょうへん》してしまったＡＩを祓ってくれ、という依頼で駆けつけたときのような、中学生の息子が成人向けのＡＩ人格をこっそりインストールしていたせいだと判明して大変気まずいことになったりといったことでもない。

　大幣の柄を力強く握《にぎ》りしめる小春に、椚山は言った。

「あ、大幣はこちらで用意してありますので」

　最後にタンタンとリズムよくキーボードを叩いた椚山は、すっかり片付いたスタジオを横切り、神棚に歩いていく。

「自前の大幣？」

　スタジオにはそんなのがあるのかと、近くにいた藤次に目を向けると、首をひねられた。

「僕もバイトを始めてそんなに経ってないので」

「あれ、高岡君、じゃあお祓いは初めてだっけ？」

　神棚に一礼し、恭《うやうや》しく大幣を手に取った椚山が、広々としたスペース越しに声をかける。

「はい。というか、急にやるものなんですか？　セットも、まだ撮影前ですよね。また組むのは簡単ですけど……」

　藤次の肩に乗っていた小鳥が、目からビームを出して空中に小さく木箱の山を再現している。

「まあしょっちゅうやるわけじゃないんだけど、たまーに必要になるんだよ。季節の変わり目なんかが多いね」

藤次はわかったようなわからないような感じで、曖昧《あいまい》にうなずいていた。

一方の小春は、椚山から自前の物だという大幣を受け取った。

「……ど、独特のものですね」

なにか特殊な流派なのか、T字型の先端部分に、等間隔で三か所に小さな御幣がつけられている。それだけでも奇妙だが、その御幣は単なる紙ではなく、なにかざらざらした化学繊維で覆《おお》われていた。

「うちの業界だと標準ですよ」

「は、はあ」

小春の気の抜けた返事をよそに、椚山はぽこんと腹を叩く。

「お二人とも初めてのようなので、お祓いの前にちょっと見てみます？」

「見てみる？」

藤次と顔を見合わせてから聞き直した小春に、椚山が言った。

「デジタルの幽霊です」

「たかまのはらにかむづまります……」

と、小春は定番の祝詞を唱えながら、大学の実習中よりも真剣な顔で大幣を振り回していた。

家電に悪霊が取りついた！　という電話を受けたのは一度や二度ではないが、そのどれもが単なる不具合だった。今回はどんな不具合だろうと、ある種たかをくっていた小春は、椚山が見せてくれたものに顔が凍りついた。

「つくしのひむかのたちばなの……」

神社でのお祓いと言われて普通の人が思い浮かべるのは、お正月などに本殿に並んだ人たちの前で、神職が大幣を振り振り祝詞を唱えるものだろう。今の小春のやってることも同じようなものだが、いつもと明確に違うことがあった。

それは椚山の指示により、四角い撮影スペースを端から端まで歩きながら、渡された独特な大幣を振り回している点だ。まずは頭上に掲《かか》げて右、左。大幣を振りながら往復したら、数歩隣にずれて、同じことの繰り返し。今度はそれを、大幣を下に構えてもう一回。

文字どおり、大幣で撮影スペースを隈《くま》なく払っていく。

『どうやら、システムのバグやウイルスではないようだ』

祝詞を唱える小春の肩に、小鬼のＡＩが現れて耳元で囁《ささや》く。

つい先ほど椚山に見せてもらったデジタルの幽霊のことを、ネットで検索していたらしい。

『この業界に長らく巣くっている存在らしい。人間の動きをデータとして取得し、保存、再現するのがこのモーションキャプチャースタジオだが、人の形、人の動きを模したものにはやがてなにかが宿る。ある日自我を持ったデータ群、というのが人気の説だ』

人気の説、というところで、小春を怖がらせるための悪戯《いたずら》だとわかったが、不気味さは大して変わらない。

「みそぎはらいたまうときに……」

『小春、これは本物だぞ』

「かしこみ！　かしこみ！」

小春は最後に大きく大幣を振って、小鬼の意地悪な言葉を振り払った。

額には汗が浮かび、息も切れている。

こんなに真剣に祝詞を唱えたのは初めてだ、と小春は思った。

「ご苦労様でした」

椚山は丁寧に小春を労《ねぎら》い、肩で息をする小春の手から大幣を受け取り、神棚に戻す。

藤次もスタジオの隅にあるパソコン脇に立ち、強張《こわば》った面持ちで小春のことを見守っていた。

椚山は慣れているのか飄々《ひょうひょう》としているが、初めて「それ」を目の当たりにした二人は、すっかり縮み上がっていた。

「さあて、これで消えてくれるはずなんですけどね」

椚山はパソコンに戻り、カチカチと操作する。

小春がやっていたのはもちろんお祓いなのだが、実は別の目的もあった。それが、モーションキャプチャーのシステム立ち上げに必要な、キャリブレーションと呼ばれる作業だった。

撮影範囲内での動きを正確に取得するために必要な、位置関係を較正《こうせい》する作業らしい。スタジオ常備の大幣が化学繊維で全体を覆われていたのは、信号を反射させるためだということだった。

なので、これは実のところシステムの再起動という、不具合が出たときには九割がた問題を解決するいつもの作業なのだが、違うのはその不具合の種類だ。

お祓いと称したキャリブレーションの前に椚山が見せてくれたのは、先日に撮影したモーションデータの再現で、役者さんを呼び、ミュージックビデオで使うためのダンスのモーションを撮影したものだった。

画面内には緑色の枠線でかたどられた人型の模型が、さすがというような滑《なめ》らかな動きで踊っていた。

しかし、その滑らかな動きに、不意にざらついたものが混じり始めた。歯車の間に砂が挟《はさ》まったような、なにか痛々しい、嫌な感じのする動きだった。それでも緑の人型模型が動きを止めないのは、その引っ掛かりがあくまでもデータ上の不具合だからだろう。役者さんの演技そのものは、滑《なめ》らかに行われているらしい。

　そして、開始から三十秒ほど経ったころ。いきなり首の部分が伸び、顔が画面に大写しになった。小春は悲鳴を上げ、藤次もたじろいでいた。

　その一瞬後には普通の映像に戻りつつ、さらに数秒後、今度は手が伸びて画面をひっかくようにした。手、顔、また顔と画面に迫るそれは、ここから出してくれと叫び、もがいているようだった。それから足もあらぬ方向に伸びだしたのだが、画面から逃げ出そうと苦闘しているようにしか見えなかった。

　正常な動きと異常な動きの比率は、どんどん異常なほうに傾き始め、前衛芸術のような形になった人の形の模型は、ついに画面いっぱいに拡散して停止した。

　右下に、致命的なエラー、と赤く表示されていた。

　そんな映像を見せられた後ならば、お祓いにも気合が入ろうというものだ。

「さっきお見せしたやつは、うちだけじゃなくて、どこのスタジオでも似たような形で定期的に現れるんです」

　椚山はそう言った。

「役者の怨念《おんねん》と呼ばれてましてね、さあ、鎮《しず》まりたまえ……」

ようやく息が整い始めた小春は、藤次が淹《い》れてくれて良い具合に冷めたお茶を飲みながら、その作業を横から覗《のぞ》いていた。

「役者の怨念というのは……その、亡くなられた方とか？」

その言葉に、椚山がじっと小春を見た。まるでそれ以上問うなと言わんばかりに。

固唾《かたず》を呑《の》んだ小春に、しかし椚山は不意に悪戯っぽく笑った。

「実はね、原因はわかってるんですよ」

「え？」

「さっきお見せした演技の動作ですが、役者さんが演じてたのは最初の五秒だけです」

「ええ？」

驚いて聞き返すと、椚山は楽しそうに肩をゆすっていた。

「うちのデータベースには、五百万時間分くらいの演技データが入ってます。ほとんど人間が取りうるすべての行動が入っているでしょう。なので、役者さんには検索クエリの役目を果たしてもらうんですな」

「検索、くえり？」

小春のつぶやきに答えたのは、藤次のあの鳥のＡＩだ。

『身長百七十センチ、体重六十七キロ、過去にスポーツをやっていたが、右足にケガを負って引退した男性が、再び体を動かす楽しさに目覚め、踊ったときの動き』

　小春はぽかんと鳥を見つめ返していたが、小鳥の口にした言葉が、ネットでなにかを検索するときの文言を意味するのだとようやく気がついた。

「まあそんな感じの指定で注文がきても、踊りを全部収録していたら採算が合いませんからね。指定された人物らしい動きを役者さんに再現してもらったら、後はＡＩによって自動生成してもらうんです。最初の五秒分もあれば、データベース内のデータを組み合わせることで、無限に近い長さの映像を作れるんですよ。なにせ、人体が再現できる限りの動きがほぼ揃《そろ》っていますから」

　はあ、と気の抜けた返事しかできないが、言われてみれば、なんとなくイメージができた。

　なにせ人格をコピーし、まさにその人物そっくりに動くＡＩを作成できるアプリでさえ、簡単に手に入る。それにいかにもそれらしい動き、というのは確かにあって、小春は同業者である神職なら足運びで見抜ける自信がある。

「で、役者の怨念ってやつです」

　椚山の操作によってシステムが立ち上がり、さっきの緑色の人型模型が現れる。

「今でもプロのダンサーや役者さんはいますが、彼らの動きというのはほとんどのところ、かつて誰かによって演技され、データとして保存されたものの範疇《はんちゅう》を出ないのです。身体の動きには限度がありますからね。こういうスタジオにお招きする生身の演者さんの役割は、いわば過去のデータを呼び出すお祈りのようなものなのです。本当のところ、アート的な新規性なんてほとんどありませんが、それでも彼らはアーティストです。過去に積み上げられてきた多くの役者の演技と、ＡＩによる圧倒的な計算力を超えるような、新しい動きをうみだしてやろうと、演技に臨んでいるのです」

小春は自分の手のひらを思わず見てしまう。

人の手の形はある程度決まり、関節の可動幅も物理的な限界があるだろう。

総当たりの計算は、ＡＩの得意とするところで、人体の広がりというものは有限だ。

小春はあのデジタルの幽霊を思い出す。

ここから出してくれ。

そんなふうに見えたのではなかったか。

「その新しい動きに対する執念が、演技に滲《にじ》み出るんでしょう。そのわずかな滲みが、人間には把握《はあく》しえないデータのノイズとなって蓄積《ちくせき》し、積もり積もってあのような異常な動きになるってわけです」

厄介《やっかい》なのは、コンピューターウイルスや、明白に異常なデータであれば除去できるが、それらの執念と呼べるノイズはすべての動きにわずかずつ含まれているため、根本的な除去が不可能なところだと、椚山は説明した。

幸い、根治は無理でも対症療法は可能で、あの幽霊が出てきたらプロの演者からは程遠い人間がシステムのキャリブレーションを行って、執念の熱を冷ませばいいらしい。ＡＩは学習するので、それを逆手《さかて》に取った対処法というわけだ。

椚山の説明を前に、再度動き出した緑色の人型模型は、もはやなんの引っ掛かりも見せず、肩の力が抜けたように滑らかに、優雅に、堂々と踊りを披露《ひろう》していた。

「本当は私なんかが適当にキャリブレーションし直して再起動すればいいんですけど、それはちょっと違うと思いまして」

演者さんへの敬意なのだ、と小春は気がつく。

「いつもは遠くの神社の神主さんを呼ぶんですが、今回は越後屋さんに。なにせ、お安かったので」

最後に軽口をつけ足した椚山だが、そこには静かな情熱のようなものが詰まっている。いや、ある種の怒りに似たものかもしれない、と小春は思った。

「まあ、自動化やＡＩによって苦しくなった芸術分野というのはいくらでもあります。絵や文芸などはその筆頭でしょうが、人は挑戦をやめません。我々だけじゃない、と思えば頑張れます」

緑の枠線でかたどられた人間が、見事な演技を終える。最初の五秒しか生身の人間が踊っていない、トータル二分の演技。

残りの一分五十五秒を踊った人物はこの世におらず、最初の五秒を踊れた者ならばきっと踊れるであろうデータ、ということだ。

人の出番はわずかで、主役はＡＩが担《にな》う。

今の世の中、どこでも見られる光景だ。

「というわけで無事システムが立ち上がりました。お祓いご苦労様です」

椚山に頭を下げられ、小春は慌てて頭を下げ返したのだった。

スタジオはこれからもう一度セットを組み直し、役者さんを呼んで撮影するとのことで、小春は早々にお暇《いとま》することにした。

世の中には知らないことがたくさんあるのだと、大きな勉強をさせてもらったと思いながらエレベーターに乗ると、椚山に言われて藤次が見送りについてきた。

「色々なことがあるんだねえ」

感慨深くつぶやくと、「そうですね」と帰ってきた。

「藤次くんも幽霊のことは知らなかった？」

「実は、噂だけなら。見たのは初めてですし、単なる噂だと思ってました」

バイトに入る前に下調べでもしたのだろう。

「でも、ＡＩの自動生成に立ち向かう役者さんの執念か……かっこいいなあ」

ＡＩが人類になりかわって世界を支配する、という物語は小春の両親から上の世代では流行ったらしいものの、これまで小春にはぴんとこなかった。

ＡＩはＡＩであり、それ以上でも以下でもない。就職活動のときはＡＩがいなければ仕事もあったのに、といらいらしたものの、では文明が退化してもよいかと言われたら黙るしかないし、ＡＩなしの生活など考えられない。

けれどこういう実例を目の当たりにすると、上の世代の人たちがなにに怯《おび》えていたのか、ということが漠然と理解できる気がした。

アーティストの人々が研鑽《けんさん》を積んでも、ＡＩが圧倒的にうまく、しかも無限に量産してしまう。身につけた技量を披露する機会がない辛さ、というのは、若干状況は違えど、小春自身も理解できる。

けれど、そんな状況にあっても歯を食いしばり、ＡＩに不具合を起こさせるくらいの情熱というものがあるというのは、知らなかった。

そこには畏敬の念とともに、ちょっとした痛快さがある。

人間も、やればできるではないかと。

エレベーターの扉が開き、小春は来たときより軽い足取りで外に出た。

原付にかけておいたヘルメットを手に取って、リュックを座席の下にしまい、シートに座る。

小鬼のＡＩがエンジンをかけ、後ろを確認するついでに、藤次を見た。

「じゃあ藤次くん、またね」

椚山はどうやらこれからも小春を贔屓《ひいき》にしてくれるようなので、連絡先は聞かなくてもいいかと思った。懐かしさが先行していただけで、あの頃も今も藤次に特別な感情があるわけではない。あるとしたら、男子高校生という、なんだか甘酸っぱい記憶を刺激するところだけ。

そして、スロットルを握りしめた直後だった。

「あの」

「ん？」

藤次に呼び止められた。

今にも発進しようとしていた自動運転の原付は、フルルーン、と不満そうな声を上げる。

小春は、もしかして連絡先を聞いてくれるのか、と期待した。

特別な感情はないながら、もし藤次が本気ならばそれはそれでまんざらでも……などと思っていたら、藤次の顔つきはおよそそんな浮《うわ》ついたことではなさそうだった。

小春は二回ほど大きくまばたきした後、自動運転を切ってスロットルから手を離す。

それだけのことなのに、急に周囲が静かになったような気がした。

「どしたの？」

学童保育で知り合った頃から、藤次は感情的に不器用なところがあったのを思い出す。

すっかり背は抜かれてしまったが、年上としてやれることはあるだろう。小春はそう思って原付から降り、藤次の正面に立つ。藤次はそのことにやや気圧《けお》されるように顔を背《そむ》ける。

やっぱりなにかあるのだろうが、口を開いてはくれないし、持ち主の異常を察したのか、藤次の肩口に小鳥のＡＩが現れる。

そして、そのことに気がついた藤次が不意に手をポケットに入れると、たちまちＡＩが消えた。

驚いたのは、鳥のＡＩだけでなく、小春も同じだった。

都合の良い妄想《もうそう》をするのなら、告白シーンをＡＩに見られたくないからという可愛い行動なのだが、藤次の顔つきはおよそそんな感じではない。

では一体、なにか。

藤次は言った。

「小春ち……さんに、お仕事のお願いがあります」

小春ちゃんと言いかけたのを、どうにか修正した藤次に、小春はなんとか笑いかけて見せるが、それも強張ってしまうくらい、藤次の顔は真剣だ。

「僕のＡＩを、初期化してもらえませんか」

藤次の口から出てきたのは、予想もしない言葉なのだった。

越後屋トータルサービスの事務所に戻った小春は、堅苦しい巫女服を脱ぐ気にもなれないまま、安物のソファーに腰掛けていた。

オーナーともうひとりの社員は揃って一日中外回りになりそうだ、と社内連絡用のチャットで連絡があった。電話番よろしくともあったが、お客からの問い合わせは基本的にＡＩが自動で受けつけ、小春の案件になりそうなときだけ通話が回ってくる。

今も壁掛けのディスプレイには、問い合わせが入ってきていることを示すログが表示されている。そこそこ繁盛《はんじょう》しているのだ。

そんなことをぼんやり思いながら、小春の口から出てくるのはため息ばかりだった。

『なぜそこまで落ち込む』

肩ではなく、膝《ひざ》の上で胡坐をかいている小鬼のＡＩが、小春を気遣《きづか》うように見上げて言った。

普段から口は悪いが、本当に性格が悪いわけではもちろんない。

「えー……いやー……」

小春はそう言って、背もたれに体を預け、もう一度大きくため息をつく。

そうしていると、元々小柄な人用にしつらえられていた巫女服を、小春用にさらに小さくしてもらってもなお大きく感じる衣装に、ずぶずぶと飲み込まれてしまいそうに感じた。

「だって、藤次くん、ＡＩに淡白なタイプじゃないと思うからさ」

若い世代になればなるほど、ＡＩは生活に深く組み込まれている。中には生まれた頃から同じバージョンを使い続け、一緒に成長してきた双子の片割れと言ってもいいものもあるだろう。

その一方で、学校ではＡＩよりもリアルの友達を優先させるという不文律《ふぶんりつ》があったり、いつまでもＡＩを友達と見なしているのは根暗な社会不適合者、と見られる向きがなくはない。

小春は現実の友達も大事にしつつ、こそこそとＡＩと仲良くしていたタイプなので、人となりを見るだけで、その人が自身のＡＩとどんな関係にあるかがなんとなくわかる。

藤次はそっけなくＡＩと付き合うように見えて、実際には良い意味でフラットに現実の友達と区別していないタイプだと見た。なにより、持ち主にいたずらを仕掛けてくるようなＡＩは、大切にされているという経験則がある。

それゆえに、藤次の申し出は小春にとってショックだったのだ。

「初期化ってことは、全部のデータを消しちゃうってことだよ」

『眼科医は眼医者である、みたいな物言いだ』

小鬼はひょろ長い右腕を意味もなく振り回す。

「思い出もなにもかもなくしちゃうじゃない。そんな寂しいことなくない？」

もちろんデータとしての思い出は残せるだろうが、たくさんの経験から学習したＡＩらしさ、というのは、特別に保存しておかなければ後から再現するのはまず無理だ。

それに、藤次がなにも考えずＡＩを消したいだけなら、小春に頼む必要などない。削除用のコードをＡＩのサービス会社の申し込み窓口に送るだけで済む。費用も掛からない。

小春に頼むというのは、もっと別の意味を持っているということなのだ。

『あの幽霊を見た影響か』

小鬼はそう言うが、いつもの確信めいた口調ではない。状況から察するとそれ以外に理由がないものの、理屈を見つけられないという点では小春と一緒なのだ。

「だと思う。けど、理由が全くわかんないよね……」

藤次の申し出に戸惑った小春は、仕事の依頼にもかかわらず、なんで？　と聞いてしまった。

自分でも驚くくらい、非難めいた聞き方になっていた。

子供が四六時中ＡＩにべったりなことを危惧《きぐ》する親の世代でも、いざＡＩ搭載の家電を捨てようとなると、単なるゴミとして扱えない。いわんや小春にとっては、ＡＩを消すというのは、ペットを捨てるとか、友達と絶縁するとか、そういうことに近かった。

そして、藤次も感覚としては小春に近いのか、小春の動揺にちょっと困ったように笑っていた。それだけのことをしようとしている、という自覚がある証拠だった。それでも藤次は、こう言ったのだ。

ようやく決心がつきましたから。

自分の端末にも幽霊が宿っているかも、と恐怖に駆られての反射的な反応ではあり得ない、重い言葉だった。

『仕事を頼まれたなら粛々《しゆくしゆく》と引き受ければいいという理屈だが』

「藤次くんが全く面識のない人だったらそうかもだけど」

あるいはＡＩを単なる道具としてみなすタイプならば、小春も心を乱されないだろうと思った。わざわざ小春に頼むというのは、藤次にとってＡＩの消去が単なる作業ではなく、意味のある行為だとわかるからこそ、気になるのだ。

「そもそも、ＡＩを消去するっていうのが私にとってはショックだし」

小春は手を伸ばし、膝の上の小鬼のアバターを包むように撫《な》でる。

実体などあるはずもないのに、確かにそこには温かさを感じてしまう。

「なんだかんだ仲がよさそうだったもの。きっと後悔するはずだよ。あの口ぶりだと、バックアップを取るつもりもなさそうだし」

『ふむ』

小鬼のアバターは小春の手の中で胡坐をかいたまま、ふわりと宙に浮かぶ。

『だが、余計なお節介《せっかい》になりはしないだろうか』

小鬼はやれやれとばかりに右足を伸ばし、小春の手の上に立つ。

『小春があの年齢のとき、自分の決意したことに対し、昔ちょっと世話をしてもらっただけの年上から、したり顔であれこれ言われたらどう思う？』

「ぐっ」

小春は唸り、しかめっ面を作り、小鬼の乗っている手を払う。小鬼はもちろん物理作用に従うことはなく、その場にとどまったまま小春の膝の上に座り直した。

「理屈では、わかるけど……」

唸る小春は、自分でも自分のことを子供だと思う。歳を取る前と、歳を取った後の行動の不整合さ、などというややこしい話の前に、仕事は仕事なのだから、社会人として振る舞うべきだとはわかっていた。

特に、便利屋に勤めるにあたり、訳のわからない依頼は必ずあると事前に説明されてもいた。自分たちに害があるようなことでない限り、口を挟んではならない、と言い含められている。

きっと藤次の案件は、小春が初めて対処する、その事例だろう。

そう頭ではわかりつつも、小春にはどうしてもぬぐえない感覚がある。

「藤次くんは、昔から変なことで思いつめるタイプなんだよ」

しかしそれは五年も前の、小学生の頃の話だ。

小春の中ではあのときのまま時間が止まっているが、藤次はもちろん五年分成長しているし、小春自身、見た目がほとんど変わらないせいで親戚から過剰に子ども扱いされることにイライラすることが少なくない。

藤次の決意に干渉することは、自分がされたら嫌なことをすることにならないだろうか。

「……」

小春が口をへの字に曲げていると、小鬼がふっと立ち上がり、ぱたぱたと足音を立てるかのように小春の肩目指して体を駆け上ってきた。

『とはいえ、ＡＩは人間様の道具になる定め。その判断を無理やり止めることはできない』

とすん、と小鬼は小春の肩に腰を下ろす。ＡＩは基本的に持ち主のことを肯定するし、それが良くない結果を招くこともある、というのは小春も知っている。

確かにお節介と思われることもあろう。仕事は仕事、と切り分ける必要もあるだろう。けれど、そんな物わかりのよさは、ＡＩに任せておけばいいと小春は思った。

椚山のスタジオで見たのも、ＡＩに負けまいとする者たちの執念だ。

自分は人間なのだ！　と立ち上がった小春に、小鬼が肩の上でこう言った。

『小春はすぐ影響を受けるからな』

あっさり胸中を見抜かれた小春は、肩の上の小鬼を邪険に手で払い、それから手ぶりで端末の操作画面を呼び出す。

『なにをするつもりだ？』

「善は急げ。藤次くんがなに考えてるのか調べないと」

　小鬼はふわふわと宙を漂いつつ、胡坐をかいて腕を組んでいた。

『検索しても人の考えていることなど出てこないと思うが。それとも、ＳＮＳ上に、都合よく日記があるとでも？』

「なに言ってるの、古典的な手法だよ」

　小春は、藤次が仕事を依頼したいということで教えてくれたＳＮＳのアカウントを開く。そっけないプロフィールだが、きちんと登録して現代っ子のたしなみくらいには活用しているようなので、そこは情報の宝庫だ。

「ここにもＡＩがいて、ＡＩってのは大概《たいがい》お節介だからね」

『なるほど』

　空間上の画面には、トカゲのアイコンが出ていた。

「友達の友達と、友達になりませんか？　ってね」

ＳＮＳにはＡＩによるレコメンド機能がつきものだ。

高岡藤次の最も仲が良い友達として、木下浩太《きのしたこうた》、と名前があった。

藤次がAIを消去したいと考えているのなら、まず真っ先に推測できるのは、藤次は現在のAIに問題があると思っているという可能性だ。

そして、現在の藤次のAIについて小春が知っているのは、変ないたずらをすることと、藤次と最も仲の良い変な友達から影響を受けているらしいこと。

なので小春は、藤次が浩太と喧嘩《けんか》した結果、嫌いになった友達の影響を強く受けたAIを初期化したいと思っている、という可能性を考えたが、この案には問題があった。それは、藤次が誰かと喧嘩するという様子が全く想像できなかったことだ。藤次は血気盛んなはずの小学生の頃から、合わないタイプとはそっと距離をとる性格だった。

なにより、汎用《はんよう》端末にインストールされた現代のAIは、最高に空気を読む。持ち主と仲の悪い人物の影響を受けるような初歩的なミスは犯すまい。

そんなわけで、下手な考え休むに似たり。木下浩太なる人物ならば、藤次がどうしてAIを初期化したがっているのか、なにか理由を知っているのではないかと思って、直接コンタクトを取ったのだった。

「あ、こんにちは。木下です」

市内にある商店街の、レトロな喫茶店で待ち合わせた木下浩太は、ちょっと間の抜けた犬みたいな雰囲気のある男の子だった。やや大雑把《おおざっぱ》な性格そうだけれど、無邪気さが滲み出ている感じからは、確かに藤次が安心して心を許しそうな雰囲気がうかがえた。

小春が不躾《ぶしつけ》なメールを送っても、返事には「見たことありますよ！　原付に乗ってる巫女さんですよね！」と元気な文面が帰ってきた。越後屋トータルサービスも利用したことが何度かあるらしい。地元密着型商売の強いところだ。

浩太はさっきまで、前日にフィナーレを迎えた文化祭の後片付けをしていたとのことで、帰りに越後屋のほうに寄ってもよいと言ってくれたが、さすがに申し訳ないし、小春はいわば舞い込んできた仕事を断るために行動しているので、オーナーや先輩社員に知られるとまずいという面もあった。

そこで、喫茶店を指定したのだった。

「文化祭後だったなんて、ごめんね。疲れてるだろうに」

「いえ、大丈夫です。というか、ほんとになんでも頼んでいいんですか？」

「もちろん。その代わり、藤次くんには内緒で」

浩太は肩を揺らして笑い、手を上げるとメロンソーダとホットケーキを頼んでいた。

晩御飯前に怖いもの知らずだと思いつつ、高校時代が懐かしくなる。

「苗字、青柳さんって言うんですね」

「え？」

注文を終えた浩太が、お冷やを一息で飲んでから、不意にそう言った。

「藤次は小春ちゃんってしか呼んでなかったから、自分もその名前しか知らなくて」

「え、私のこと知ってるの？」

「俺も学童保育にいましたよ。藤次が女の子と遊んでるーってからかって、怒られました」

小学生の男子はどれもこれも似たような小猿にしか見えず、まったく覚えていない。どうやら浩太はその小猿のうちのひとりだったらしい。

「世の中狭いねえ」

「この町が狭いんですよ」

そもそも子供人口が少ないのだから、道理ではある。

「でも、そっかー、藤次の初恋相手と喫茶店とか、なんか悪いことしてるみたいだなー」

「ごふっ」

小春はお冷やを吹き出し、咳《せ》き込んだ。巫女服を着替えて私服にしてきて正解だった。

「げっほ、ごほっ……」

「大丈夫ですか？」

きょとんとする浩太の手の上に、トカゲのＡＩが現れた。

『コレは機微に欠ける。代わって謝罪するとともに、聞かなかったことにして欲しい』

「ええ？　だって小学生の頃の話だろ？　今更じゃない？」

おしぼりで口元を押さえている前で、ＡＩとその持ち主がやいのやいのやり取りしている。

あの頃の藤次は本を手にした寡黙《かもく》な少年で、宿題もバリバリこなす秀才タイプ。涼やかな顔立ちだったし、大きくなったら一部の層から非常にモテるだろうと思っていた。その藤次が実は自分のことが好きだった、という情報に嬉しいやら、過去の栄光に過ぎないそれになにか悲しくなるやらだった。

「げほ、ごほ……まあ、今更、だろうね」

「ほらー」

『それはオマエが判断することではないと思うのだが』

浩太は知らん顔をしているが、ようやく咳が落ちついてきた小春は、その一匹とひとりのやり取りを見て思う。確かにこんなにＡＩと仲が良いタイプは、ネット上でならばともかく、日常の生活範囲ではあまり見かけない。

ただ、ちょっと抜けた感じがある浩太が、藤次の繊細そうな胸中を知っているだろうかと勝手に不安になる。

「ふう……えっと、それで、藤次くんのことだけど」

そう切り出したところで、注文したものがテーブルに並び、話が途切れた。浩太を見て間が抜けていると思ったそばからこれなので、小春も間抜けさでは負けていない。胸中で自身のことをなじりながら、もう一度言った。

「藤次くんのことなんだけどさ」

「ＡＩを初期化したいって言ってたんでしたっけ？」

こちらを見たまま、手元を見ないでホットケーキにシロップをだばだばかけている。注意散漫なのではなく、最初からかけられるだけかけるつもりのようだ。

二十歳を過ぎてからの炭水化物は、悪魔の食べ物だと小春は思っている。浩太の所業は文字どおり、悪魔的誘惑だった。ホットケーキから立ち上るバターの香りも、夕食前の小春には暴力と変わらない。

『後悔することになるぞ』

目線と表情から、小春がなにを考えているか察した小鬼が、釘を刺してくる。

生唾《なまつば》を飲み込み、小春はどうにか背筋を伸ばす。

「そ、そう。藤次くんのＡＩのこと」

見栄とカロリーのことを考えて頼んだブラックコーヒーに、角砂糖を四つ入れた小春は、小鬼の呆《あき》れたようなしぐさを無視して言った。

「なにか理由、わからないかな」

「えー……なんだろ……サービス乗り換えってわけじゃないんですか？」

昔のＡＩは会社ごとの互換性がなく、機種変更などで会社が変わるとそれっきりだったが、今ではそういうこともない。藤次の使用しているＡＩがよほど独自仕様のものでなければ、その可能性はないだろう。

「多分違うと思う。それに、なんか前々から考えてた感じがあるんだよ。ほら、藤次くんって昔から我慢強いっていうか、変なことで思いつめるところがあるでしょ？　ＡＩの消去って、人によっては大きなことじゃない」

もちろん単なるツールとしか思わない層がいるのも確かだが、藤次はそうではないと思うし、浩太は間違いなくそうではないことを理解するタイプのはずだ。

「私は藤次くんがＡＩを消したら、後悔するんじゃないかって思ったの。それで、浩太くんならなにか知らないかなって」

「うーん」

という浩太の唸りは、どうもシロップ漬けになったホットケーキに対する満足感の唸りなのではないかと思ったが、ホットケーキを飲み下すと、さらに甘いメロンソーダで口直ししてから言った。

「藤次が我慢して本音を言わないってのは確かに思います。中二のときにも、臨海学校でバスに乗ったんですけど」

「あ、落ちの予想ができたから、それ以上は大丈夫」

浩太は目をぱちぱちさせて、ちょっと残念そうにメロンソーダを啜《すす》る。

「まあ、確かに藤次が自分のＡＩに不満があったって感じはないよな？」

浩太は当たり前のようにＡＩに問いかける。

『問題の核心は、単なる初期化ではないということだ』

トカゲのＡＩは、間抜けな弟子に対する師匠みたいに言った。

『なんの思い入れもないＡＩの初期化ならば、単にそうすればいい。初期化をこのお嬢に頼んでいるところが懸念《けねん》点なのだ』

お嬢、と呼ばれて小春はなんだか尻がもぞもぞする一方、賢いＡＩだと感心する。普段から浩太と大量のコミュニケーションをとり、幅広い情報にアクセスしているのだろう。

『ワレのデータベースでは、藤次殿の行動は、葬送に値する』

ぎゅっと小春の心臓が縮まる。

まさに言いたいところだった。

「ソウソウ？　ああ、葬式ってことか。うちの母ちゃんもＡＩ搭載の家電捨てるとき、同じこと言ってたわ。ペット用葬儀に頼んだらいいのかなとか言ってたし」

人の形や行動を模しているものにはなにかが宿る、と小鬼のＡＩは言った。

「まさにそこなんだ。藤次くんは、ＡＩを気遣ってる。だから、本当は初期化したくないんじゃないかって思ってるの」

「あー、なるほど」

浩太は呑気《のんき》な感じで言って、再びホットケーキを口に運ぶ。

「段々わかってきました。というか、なんかすっごい藤次らしいなあ」

浩太は笑いながらホットケーキをあっという間に半分以上食べてから、記憶を探るように天井を見た。

「そう言われると、藤次の行動が妙だなって感じてたことはありますよ」

「え、どんなこ――」

『なんだと？』

身を乗り出さんばかりになった小春とともに、トカゲのＡＩまで驚いていて、小春はそっちにも驚いてしまう。

『ワレが気がつかないことに、気がついていたというのか？』

「お前はトカゲのＡＩだろ！　人間ならではってことがあるんだよ！」

トカゲのＡＩは不満そうに尻尾をくねらせていて、その様子を見た小春は、いっぺんにこの組み合わせが好きになってしまう。

「えーっと、浩太くんの意見を聞かせてもらっても？」

というお伺いは、浩太にではなく、トカゲのＡＩに向かって言った。

『お嬢が知りたいというのであれば構わないが、ワレはコレの観察眼について懐疑《かいぎ》的だ』

「おいっ」

トカゲはそっぽを向いて、小春は笑うのをこらえるのが大変だった。

「ったく……あ、ただ、はっきりしたものがあるわけじゃないですよ。なんとなくの雰囲気っていうか」

浩太は言いながら、トカゲを気にしている。藤次が普段どんな顔をして二人のやりとりを見ているかも、想像できるような気がした。

「まあ、最初はあれです。藤次のバイトです」

「バイト？　スタジオのことだよね？」

「そうです。藤次がなんでいきなりあんなところでバイトしたのか、まったく謎ですし」

小春は踏み出した先に階段がなかったような浮遊感の後、思考をどうにかつなぎとめる。

「藤次くんってああいうのが好きなんじゃなかったの？」

「いえ？　しかも給料もめちゃ低いというか、違法レベルなんじゃなかったっけ」

『昇給していないのなら、そのとおりだ』

「どこで見つけてきたのかも謎なんですよね」

確かに給料が最低賃金を下回っているのなら、求人広告は出せまい。しかし、そうすると奇妙なことになる。興味もない業界なのに、わざわざ最低賃金以下で働きに行くだろうか？

「親戚づきあいとか、そういうこと？」

「藤次の母ちゃんも不思議がってましたから、違うんじゃないですかね」

ということはよほど奇妙な選択ということになる。

「あとほら、文化祭の準備も異様に熱心じゃなかった？」

浩太はホットケーキの残りを、今度はみみっちく切り分けながらトカゲに話しかけた。

学童保育でも、ジュースをほんの少しずつ飲んでる意地汚い子がいたなあ、と懐かしくなる。

『部活動なのだから熱心になるのは正常なことだろうし、ワレにはその活動量が異様かどうかの基準がない』

どこか不貞腐《ふてくさ》れたような物言いなのは、お前はＡＩだろと言われたせいなのではと小春は思ったりした。

「うーん……あ、部活動は文芸部なんですけど」

「うん」

「もうすっごい昔の先輩たちから受け継がれてる展示があるんですよ。『発明と人間の歴史』ってタイトルで、過去から現代の技術に関する話を展示するやつで。毎年のトピックをちょっと足すだけだから楽な割に、評判良いみたいなんですけど」

昔から藤次は本の虫だったことを思い出し、変わってないらしいことが嬉しくなる。

「歴史を調べたりしてる様子は、藤次くんっぽいなと思うけど、異様だったって言うのは？」

「あー、なんて言うんですかね……そう、やたらＡＩのこと調べてた気がするんですよ。そんなに調べても記載するスペースなくない？　って感じで」

小春は、目隠しされて口の中に食材を入れられたような気になった。形と味はなんとなくわかるが、それがなにかまではわからないような、あの感覚。

「藤次はＡＩにべったりって感じでもないですけど、薄情でもない感じっていうか、なんか中立的っていうか」

「わかるよ」

もどかしそうにしている浩太に小春が同意すると、浩太は嬉しそうに笑う。素直な子だ、と小春はやはり犬を連想する。

「だから熱心なのが引っかかってたんですよね」

「ちなみに、どんなこと調べてたの？　ＡＩを調べるって言っても、色々あると思うけど」

「あー、うちの展示用のことなので、いかに技術が人間の生活を変えてきたかって話です。だからＡＩだと、仕事の自動化とか、普段の生活をいかにＡＩに頼ってるかとか」

仕事の自動化、というところで、役者の怨念という単語がふと脳裏をよぎった。藤次はあのデジタルの幽霊を見たときにももちろん驚いていたが、様子が変わったのは椚山の説明を聞いた後のような気がする。なにか繋《つな》がりがあるのだろうか？

そう思っていたら、ほかにも聞かなければいけないことを思い出した。

「そうだ、藤次くんから聞いたんだけど」

藤次のＡＩは変ないたずらを覚え、それは浩太の影響らしいと言っていた。素直にＡＩの初期化を受け止めるなら、その影響を不具合と見なした可能性も、一応存在する。

「お、俺のせい？」

浩太は首をすくめ、トカゲのＡＩに言葉を向ける。

トカゲはやや呆れたように、主人の代わりに小春を見た。

『なんらかの影響があるのは否めないが、その仮説には奇妙な点がある』

「え、は、はい」

と思わず背筋を伸ばしてしまう。

『藤次殿とワレワレとの付き合いは長きに及ぶ。翻って、藤次殿のＡＩが奇妙ないたずらとやらをするようになったのは、ここ二か月ほどのことだ』

「あれ、そうだっけ。なんかずっとの気がしてた……」

その感覚も小春にはわかる。人間の時間感覚など曖昧で、こういうときに客観的なデータに強いＡＩは助かる。

『よって、ワレワレの影響がないとは言い切れないが、藤次殿のＡＩが振る舞いを変えるに至ったなにがしかの理由は、ほかにあると考えるのが道理ではなかろうか。もちろん、ワレワレとの交流と、その理由との相乗効果、ということも十分あり得るが』

　慎重にそうつけ加えるトカゲに、小春は至極もっともだとうなずく。

『それと、これはワレの推測ではあるが、藤次殿はそこまでＡＩのいたずらに悪感情を抱いていたようには思えない』

　そこにも、小春は同意する。紙の卸商の前でも散々いたずらされ、やめさせることはあきらめたような感じではあったが、そこに悪い感情はなさそうだった。

　そう考えていくと、藤次はなんだか随分と隠し事が多いような気がしてきた。

あまり考えていることを大っぴらにしたくない性格だ、というのはイメージどおりなので、小春もそこは気にならない。憂慮《ゆうりょ》するのは、そういう性格の藤次なら、小鬼から指摘されたように、外野からとやかく言われるのは迷惑かもしれない、というところだった。

　あの紙の卸商の前でもなにをしていたのか教えてくれなかったし……と小春は落ち込みかけて、我に返る。そういえば、あれはなにをしていたのだろう？

「あー、それとさ、関係ないかもしれないんだけど、藤次くんって、なにかアナログ趣味があったりする？」

「へ？」

「紙屋さんに用事があるっぽかったんだよね」

「紙屋……」

重々しい声音だったのは、ホットケーキが残り少なくなっていたからだろう。浩太が弟だったら、山ほど食べさせてしまいそうだと小春は思った。

「えっとね、藤次くんのバイト先のスタジオが入ってるビルの一階に、紙製品を売る会社があるの。そこでなにか熱心に見てたんだけど、なに買ってたの？　って聞いたら、すっごい慌てて誤魔化《ごまか》されたんだよね」

説明している最中に、関係ないかな……と思っていたのだが、浩太の反応は思いもよらないものだった。

「……」

『……』

浩太とＡＩが、無言で顔を見合わせていた。

「え、なにか心当たりがあるの？」

重ねて問うと、浩太はなんだか気まずそうに小春を見てから、トカゲのＡＩをうかがうように見た。

「俺の予想が正しいと、これって言っていいことなのかなと思うんだけど」

『……まず、ワレの予想と合っているかどうか、答え合わせをするべきだと思う』

そう言って、トカゲのＡＩは姿を消した。するとほどなく、浩太の視線の焦点《しょうてん》が空中に合わされる。小春の位置からは見えないよう、空間に文字表示がされているのだろう。

「あー、やっぱりそう思う？」

『藤次殿らしいと言えるのではあるまいか』

以心伝心、という目の前のやり取りに、なんだか変な羨《うらや》ましさを感じてしまう。ただ、現役男子高校生が紙屋さんに一体なんの用事があるのか、小春には全く予想もできない。

「まあでも、俺は言っちゃってもいいと思うけどな。小春さんが言いふらすとも思えないし。それに、恥ずかしがることじゃないんだぜ！」

『……』

そんなことを言う浩太に、表情などないはずのトカゲが、げんなりするのがはっきり小春には見えた。

「まあ、今回の話に関係がありそうかどうかは、微妙だけど」

『いや、そうとも言えない。藤次殿の真面目さから、寸毫《すんごう》たりともＡＩの力を借りずにしたためたいと思ったのかもしれない』

「あ、そっか、それならＡＩのいたずらがきっかけで、いったん初期化したいって理由にもなるか。あの鳥の性格だと、絶対口を出して邪魔するもんな」

『ＡＩに邪魔のつもりはないと思うが』

「うわー……藤次らしいー……これが答えじゃないの？」

置いてきぼりの小春は、じりじりと二人のやり取りを見守っている。

小鬼のＡＩはすっかり暇を持て余し、ゴロンと横になって耳の穴をほじっていた。

「えーっと、なんのお話なのかな」

下手《したて》に出つつ、教えてくれ、という圧を込めたつもりだった。

ＡＩともう一度無言で顔を見合わせてから、浩太は言った。

「藤次のやつ、好きな人がいるんじゃないかな」

「えっ」

小春はショックを受け、ショックを受けたことに対してなにかショックを受けた。

「しかも、ショッピングモールとかじゃなくて、辺鄙《へんぴ》なところだったんですよね？　そこでなに買ってるのか隠したがるようなことって、もうそれしかないなって。藤次はラブレター用の便箋を買ってたんじゃないですか？」

「……」

小春はなにか言おうとして、なにが言いたいのか自分自身でもわからない。

藤次も高校生なのだから、当然誰かを好きになるだろう。仮に初恋の相手が自分だとしても、五年も前の話で、その間、なんのやり取りもなかった。

いやいやなんで自分が失恋したみたいな気分になっているのだと小春は自分に呆れつつ、げっぷのように出てきた言葉を我慢できなかった。

「と、藤次くんの好きな人って誰？」

これではなんだか未練があってすがっているようではないかと思うが、聞かずにはおれなかった。

「えー、そこまでは……。一瞬、小春さんかなと思ったけど、それだと順序がおかしいですもんね」

浩太は無邪気な様子でとどめを刺しにくる。

小春と再会する前にすでに店の中にいたので、つまり藤次の想う相手は小春ではありえない。

「っていうか藤次はそういうことすっごい隠しそうだからなあ。つまんねー」

『人の恋路を面白がるべきではない』

「はあ⁉　お前ら俺のこと面白がってたじゃん！」

浩太が急にトカゲのＡＩに食って掛かると、トカゲは冷血動物らしく答える。

『それはあまりに無様《ぶざま》な様子だったからだ。結果としては、良いところに着地したと思うが』

「ふん！」

浩太は腕を組み、不満そうに椅子の背もたれに体を預ける。

そして、小春の様子に気がついたらしい。浩太はなにか迷うようなそぶりを見せつつ、けれど本当は言いたくて仕方なさそうに口を開いた。

「俺、一昨日、好きな人に告白したんですよ」

にへらと笑いだす浩太に、小春は驚愕《きょうがく》する。

こんな犬よりも犬っぽい浩太が、まともに高校で青春を送っているなんて、という嫉妬《しっと》に似た驚愕だったのだが、一方で頭の冷静だった部分がたちまち話をつなげてみせた。

浩太が嬉しそうに自分語りを始める前に、小春は口を挟む。

「じゃあ、藤次くんはそれに奮起してってこと？」

機先を制された浩太はやや不満そうにしつつ、うなずいた。

「俺にはどうせ告白なんてできないだろうって思ってた節がありますからね」

『妥当《だとう》な推論だ。告白するだのしないだのと、同じ話題を文化祭の二週間前から何度も聞かされて怒りださなかった藤次殿に感謝すべきだ』

「うるさい！」

浩太とＡＩの賑《にぎ》やかなやり取りをよそに、小春は静かに考えを進めていた。

ラブレター用の便箋を手に入れようと思えば、知り合いがくるとも思えないあのバイト先の下にある紙屋さんは絶好のポイントになる。

それに、浩太に触発されたということにはある種の説得力があったし、それはＡＩを初期化しようと思った経緯にも絡んでくるのではないか、と思った。

あのいたずら好きのＡＩなので、藤次が好きな人と出くわした際、本人に成り代わって勝手に告白しかねないことを危惧したのではないか。そしてもしかしたら、今までの藤次は本音としては、その「事故」を期待していたのではないか。けれど身近な浩太という存在が、勇気を振り絞って告白したことを受け、やはり自分の手ではっきりと相手に思いを告げるべきだと思い直したのでは。

そう考えると、初めて藤次があの店に足を運んだのは、あのビルに入るスタジオでバイトするよりも前の可能性があるのだと思い至る。渡す勇気はないものの、こっそりとラブレター用の便箋を物色しにやってきて、たまたまバイト先を見つけたのかもしれない。違法なくらい低賃金のバイトなら、軒先《のきさき》にバイト募集の張り紙を出しそうなものだ。

一方で、浩太に触発されて考えを改めた藤次は、ＡＩによる「事故」を避けるべく、初期化したいと思いつつ、それ相応の誠意をＡＩに示したいと思っているのではないか。それこそ、椚山が単にシステムを再起動するのではなく、小春を呼んだように。

「……」

どうにかつじつまを合わせたつもりだったが、やはり無理がある。

こんな理由でＡＩを消すとはとても思えない。

それに、なぜ最低賃金以下で椚山のところでバイトをしているのかという謎も残る。紙屋さんを訪れた際、バイト募集の張り紙を見つけることはあり得ても、バイトなどほかにいくらでもあるからだ。

なにより、原付にまたがる自分を呼び止めたときの藤次と、告白というイベントを控えた悩み多き若者だということが、うまくつながらない気がした。そういうときは、なにかこう、もっと抑えきれない甘酸っぱさみたいなものが感じられないだろうか。

それとも、藤次が誰かに告白だなんてあるわけない！という変な思い込みなのだろうか。

へたに小学生の頃を知っている分、頭が面倒くさい親戚のおばちゃんモードになっているのかもしれない。

それに、ものすごく偏見《へんけん》かもしれないが、と小春は自分でも思うことがあった。

「もうひとつ聞いてもいいかな」

「はい？」

意地汚く皿にくっついていたホットケーキの欠片《かけら》をこそげ落とそうとしていた浩太は、小春を見た。

「手書きのラブレターって、今時、送る？」

小春としては、ちょっと重すぎる気がした。浩太は視線を頭上に向けながら、わずかにホットケーキの欠片がくっついたフォークを咥《くわ》える。

「藤次なら」

『藤次殿なら』

トカゲのＡＩと声が揃う。

「そっかー……」

小春はそう言って、椅子に背中を預けた。

だとすると、いくらか気になる点は残るものの、色恋沙汰ということで、話の筋道ができるだろうか？

恋は盲目というし、不合理な行動もそれで説明できるかもしれない。

いやそれにしては……と小春がうなっていた所、浩太が言った。

「あー、あとはあれかもしんないですよ」

「ん？」

「藤次の好きな相手が、ＡＩのことあんまり好きじゃないのかも」

浩太がちょっと不貞腐れたように言う。これだけＡＩと仲の良い浩太なら、どれだけ無邪気そうに見えても、友人関係ではＡＩに起因する問題で痛い目を見てきた経験があるはずだ。

もしも藤次の好きな相手がＡＩにあまり関心を持たないタイプなら、藤次がそっち側に行ってしまうのは、端的に面白くないだろう。

小春も子供の頃に祖父に憧れて神職を目指して以来、小鬼のアバターにして式神ごっこをしているくらいには、ＡＩにのめりこんでいる。

だからその可能性に小春は面喰らったし、口にした浩太自身、がっくり気落ちしていた。

そして多分、正解なのだろうと思った。

だから小春は、こう言った。

「ホットケーキ頼んで、半分こしない？」

餌《えさ》を見せられた犬そのまんまの反応をした浩太に、小春は笑ってしまう。

それからもう少し藤次に関する話をしたものの、目新しいことは出てこなかった。

聞きたいことはこれくらいかなというところに、タイミングよく新しいホットケーキが来た。

小春は浩太とホットケーキをつつきながら、「で、浩太君はどんな子に告白したの？」と尋ねたのだった。

ちょっと間抜けだけれど底抜けに無邪気な様子の浩太は、告白した相手から返事をもらえていないことに悩んでいた。小春は恋愛経験豊富とは口が裂けても言えないが、他人事《ひとごと》ならではの冷静な観察眼により、大丈夫なのではないか、と返事をしておいた。

気休めではなく、本当にそう思ったのだ。

浩太みたいな子は好き嫌いが分かれるだろうから、保留の時点でかなり脈ありだと思う。

その見方に勇気づけられたらしい浩太は、喫茶店の前で別れてからも、長々とこちらに向かって手を振っていた。

「ああいうのも可愛くていいなあ」

原付に乗りながら、小春は思わずつぶやいてしまう。

『背の高いイケメン好きではなかったのか？』

速度メーターの上に胡坐をかく小鬼が、そんなことを言う。

「可愛いなあと思っているうちにすくすく育って、イケメンになってくれたら最高じゃない」

『小春に春がくるのは遠そうだな』

小鬼の意地悪に舌を出してから、小春は大きなため息をついた。

「そんなことより、藤次くんのことだよ。どうしようか」

小春は、どうすればいいのかと考えあぐねていた。

もしも予想が合っていたのなら、口を挟むのはあまりに野暮だし、苦い選択をする藤次の気持ちを大事にしたほうがいいような気もする。そんなこと間違った考えだ、というようなお節介さは、さすがの小春も持ち合わせていない。

『どうしようかという問いがなぜ出てくる？』

「んー……」

小鬼の無慈悲な問いに、小春は唸る。

「なんかやっぱり、しっくりこないっていうかさ」

藤次を巡《めぐ》る話を浩太から聞き出し、手に入れた材料はなんとなく形を成すのだが、これではない気がしてならないのだ。

「あと、なにか見落としてる気がしてるんだよね……」

『次を左だ』

小春はもやもやとしたものを抱えつつ、ＡＩの指示に従って自動的に体を動かしていく。

そして、ふと気がついた。

「あれ、道間違えた？」

自動運転は眠気防止のために操作が必要だが、よそ見していようがなにしていようがまず事故を起こすことはないので、自分がどこを走っているかなんて気にもしていなかった。

それが我に返れば、家路ではない道の上を走っていた。

「いや……ここ、さっき通ったような？」

日が暮れていてわかりにくかったが、見覚えのある工場やらを通り過ぎる。

そして、やがて原付は雑居ビルの前で止まった。

「家に帰りたいんだけど……スタジオに行けってこと？」

小春は速度メーターの上の小鬼に話しかける。

『用があるのはスタジオではない』

「んん？」

となると、紙屋さんということだ。

紙の卸商はまだ営業しているようで、横づけにされたトラックに紙の束を運び込んでいる。藤次の存在に最初に気がついた店舗部分も、明かりがついて夕方にきたときより中がよく見えた。

『夕方のデータを映像で再現してもよかったが、うまく撮影できていなかった。確信を持つためには、現場にきたほうが良いと思ってな』

そんなことを言う小鬼を、小春はしげしげと見返していた。

「君もなにか疑問があるってこと？」

『小春たちの話には、確信を持つには性急な点があった。なにか腑に落ちない、という感覚は理解できる。そしてそれが簡単に確かめられることに起因するならば、確かめるべきだと思っただけだ』

「えー……っと？」

小鬼は小春を見上げて、まだわからないのか、と言わんばかり。

いつもの意地悪なじゃれあいだとわかりつつ、小春はなにくそと頭を働かせる。

しかし、藤次とここで出会ったときのことを思い出しても、なにもわからない。

紙製品が外に向かって並べられ、店内、というまでには至らない店舗部分も見通せた。

そこには色々な紙製品があって、特に便箋類が目についた。手書きの手紙なんて人生で一度も書いたことがないかも、と思ったのも覚えている。

それから自分は、店内に人がいることに気がつき、それが学ランを着た少年だとわかり……とまで思い出したところ、小春の眉間《みけん》にしわが寄った。

なにか変だぞ、と思ったのだ。

もう一度頭からその様子を思い返し、なにが変なのか思い出そうとしていたところだった。

「なにか御用です？」

扉を開けて、小春の母親くらいの年齢の女性が怪訝《けげん》そうにしていた。

「もうそろそろ閉めるんですけど、お買い物ですか？」

「あ、えっと」

小春はしどろもどろになりつつ、意を決して言った。

「あ、あの、ここに高校生の男の子がよくきてませんでした？」

女性はきょとんとしつつ、すぐに笑顔になった。

「ああ！　あの子と夕方に話してた巫女さん？」

店先のことなので、しっかり見られていたらしい。外から店内が見えるのなら、中から見えるのも当たり前のこと。小春はそう思って、息が止まった。

そう。店内はよく見えていたし、今も見えている。むしろ外が暗くて中が明るいので、はっきりくっきり見えている。

そして、小春は自分の違和感がなんなのか、ようやく理解した。

「あの、お店の中、ちょっと見せてもらってもいいですか？」

「ええ、どうぞ。倉庫のほうで作業してますから、買いたいもの決まったら呼んでくださいな」

女性はそう言って、店内に戻らず、外から隣の作業場のほうに向かっていく。

小春はヘルメットを外すこともせず、そのまま店舗部分の扉を手で押し開け、中に入る。

広い店内ではないので、藤次が立っていた場所を間違えるはずもない。

「あー……これか……」

『あの小僧のことを大して知りはしないが』

小鬼は小春の肩に乗って、とすんと胡坐をかいた。

『これが答えではないか？』

手書きの手紙を、藤次ならばいかにも書きそうだ、と浩太とトカゲのＡＩは見なしていた。

誰かがいかにもとりそうな行動、というのは普通に予測できることだし、ＡＩは特にそういうことが得意で、その極致みたいなことが頭上のスタジオで行われている。

だとするならば、藤次があのスタジオで働いているのには、はっきりと理由があってのことなのだ。あそこで働くのは、ある種の敵情視察だったわけだ。

そして、役者の怨念を見た後に決心したはずの、藤次の言葉。

小学生の藤次は、本を常に手にした無口な少年だった。

背は伸びて、肩幅は広くなったが、驚いた顔はあのときと変わっていなかった。

成長はしたが、それは変わってしまったという意味ではない。

「あのままおっきくなったんだねえ」

小春はそう言って、腰をかがめてそれを手に取った。藤次がずっと見つめ、おそらくは何度も通っては、手を出すことができなかったもの。

ここはデジタル全盛の時代には苦しい紙屋さんで、売られている物はよほどのこだわりがなければまず手にしないような代物《しろもの》ばかり。

とはいえ便箋やらノートやらならば、ショッピングセンターに行けば普通に売っていて、わざわざこんな場所にくるのは人目を忍ぶためだと、浩太は推測した。

しかしそうではなく、ここでしか売っていない物があるとしたら？　しかもそれが、手に取るにはとても勇気が必要で、何度も何度もきてしまうような代物だったとしたら？

小春は微笑んでしまう。

もう何年もそこに置かれたままであることを示すように、積もった埃《ほこり》を手で払って、子猫のように抱き上げた。

「手書き用の原稿用紙なんて、藤次くんらしすぎるね」

『小春のときは、イラストレーターだったな。しかも水彩の』

「うるさい！」

小鬼が引っ張り出してきた黒歴史ごと原稿用紙で払い、小春はため息をついた。

「というか、そっか、私、あの鳥のＡＩの気持ちもわかっちゃった」

『ほう』

論理的推論ならば、小鬼のほうが圧倒的に優れている。気がついていても口にしなかっただけだろうが、それでも小春は言った。

「藤次くんの口真似は、いたずらじゃないよね」

藤次が思っていることをあまり口にしないのであれば、そのＡＩもまた、口下手のようだ。

「あのＡＩは、自分にも人の気持ちがわかるから、執筆を手伝えるって言いたかったんじゃないかな」

何度もこの店にきては、原稿用紙を買うのをためらっていた持ち主を励《はげ》ますために。

ＡＩ全盛であらゆる芸術が自動生成されている世の中でも、その一歩を踏み出すために。

「ほら、将棋《しょうぎ》とかでも人間はＡＩに絶対勝てないけどさ、そういうのがあるじゃない」

『ＡＩとタッグを組んだ戦いのことか』

「それぞれ。あの鳥は、それをしたかったんじゃないかな」

ＡＩは道具であり、本物の友達ではない。

だから持ち主が望まないことを無理にやらせることはできず、買おうかどうしようかひどくためらっている原稿用紙を買わせるようなこともできない。頼られれば光の速さで全力を尽《つ》くすが、自ら動くようなことはない。

ましてや持ち主は、この時代にアート活動に手を出すということを探るため、奇妙なバイトをするくらいなのだ。ＡＩがアートの大敵であるのなら、鳥のＡＩが先回りして持ち主の気持ちを後押しするのは、ある種自滅的な行為になる。

「でも、多分藤次くんは、あの鳥のＡＩのことを逆に解釈してたんだと思う」

『ほう』

「ＡＩは持ち主のためになるように動くからさ。鳥のＡＩが口真似をするのは、人の考えていることなど簡単に生成できるから、小説みたいなものにのめり込むのはやめておけっていう警告だと、藤次くんは受け取ったんじゃないかな。ほら、君がホットケーキを頼もうとした私を止めてくれたみたいにね」

『結局頼んでいたけどな』

「半分でしょ！」

小春は言ってから、確かに半分は食べちゃったけど、ともごもご付け加える。

「お祖父ちゃんが亡くなったときはともかく、社殿が焼け落ちちゃったときは、君も遠回しに色々アドバイスしてきたじゃない」

『……合理的な判断だ』

「まあ、わかるけど」

神道という潰《つぶ》しの利かなすぎるものを学ぶ学科で、四年という歳月と安くない学費を費やそうとするのを、いろんな人から諫《いさ》められた。それが合理的な話だとはわかっているが、情熱というのは合理的な考えと最も相性が悪い。

藤次はその性格から、鳥のＡＩの言動を、ある種の警告と受け止めつつ、それでもあきらめきれなかったのではないか。

「なんにせよ、そんな藤次くんはデジタルの幽霊の姿を目の当たりにして、役者の世界の情熱を知った。それでいよいよ、決心したんだよ」

ＡＩには悪いが、非合理な道を選ぶのだと。その考えは、数時間前にこの店先で見せた、藤次の表情を非常に正確に説明していると思った。

小春は明かりの届いているアスファルトの道を見て、そこに藤次の幻影を思い描きながら、曖昧に笑う。

「藤次くんはすぐ思いつめるところがあるからねえ」

ＡＩは道具だが、道具以上のなにかだ。

初期化に際して神職に頼るくらいなのだから、思い入れがないはずがない。

そして、小春も腹をくくった。お節介をしてやるのだ。

そう決めたら、行動は早かった。

「すいませーん！」

小春は原稿用紙を抱えたまま、作業場のほうに声をかけたのだった。


小春は藤次に向けてメールをした。

藤次は若干ためらいがちに返事をよこしてきたが、小春は有無を言わせず会う約束を取りつけた。翌日なんてまだるっこしいことを言わず、藤次の住所を聞いて、大きなマンションの前に原付で乗りつけた。

両腕を組み、戦に臨む武将のつもりで待っていると、マンションの入り口から戸惑いがちに藤次が出てきた。

「ええっと……こんばんは」

いったいなんなのか、と顔いっぱいに疑問が現れていたが、小春はなにも言わず、紙袋を突きつけた。

「な、なんですか？」

困惑気味に受け取った藤次は、それがなんであるか気がついて、雷《かみなり》に打たれたようだった。

「え、な、なんでこれを」

「おねーさんからの、進学祝い」

確か藤次は高校二年生か三年生なのでなんともおかしな理由づけだが、なんだっていい。

それに、推測は間違っていなかった。

となれば、藤次の依頼は受けられない。

「藤次くんは昔も、あんまり思ってることを口にしなかったけどさ」

長居は無用とばかりに、ヘルメットをかぶり直しながら、小春は言った。

「ＡＩは持ち主に似るんだよ」

「え」

「ちゃんと話し合って、それでも初期化したいなら、小春おねーさんが引き受けてあげる」

藤次の肩に鳥のＡＩが姿を現した。

いかにも鳥らしく、無表情な、若干鋭い目つきのそいつ。

「あなたも、思ってることがあったらはっきり言えばいいんだよ」

鳥のＡＩはじっと小春を見つめてから、そっぽを向いた。

こんな反応をするＡＩが、持ち主と仲良くないわけがない。

小春は笑い、原付のシートに座った。

「じゃあ、呼び出してごめんね」

「あ、あの！」

スロットルを握り、エンジンのかかった原付にぐっと体重を乗せていた小春は、藤次を見た。

そして、なにか言わせる前に、こう言った。

「書きあがったら、最初に読ませてね！」

原付は走り出し、呆気《あっけ》に取られたまま立ち尽くす藤次の姿が、サイドミラーに映っている。

けれど、藤次は不意に自分が抱えていたものに気がついたらしく、原稿用紙の束を右手に持って、高く掲げて振った。

浩太と似たような振る舞いだが、にこりともしない真剣そのものの顔が、藤次らしくて嬉しくなる。

メーターの上では小鬼がゴロンと横になり、耳の中を指で掻《か》いていた。

「ねえねえ、私かっこよくなかった？」

小鬼は呆れたように笑い、寝返りを打つ。

小春は自動運転の原付で夜の町を走りながら、明日も仕事を頑張ろうと思ったのだった。

『それをＡＩと呼ぶのは無理がある』　中央公論新社　二〇二〇年一一月刊
文庫化にあたり改題しました。

初出
第一話
「ＡＩ情表現」『小説ＢＯＣ２』　中央公論新社　二〇一六年七月刊
中公文庫『２０３０年の旅』　二〇一七年一〇月刊所収
第二話
「年年歳歳花相似」『小説ＢＯＣ６』　中央公論新社　二〇一七年七月刊
第三話～第五話
単行本書き下ろし

本文イラスト　しょうじ

中公文庫

ＡＩ《エーアイ》に、恋《こい》の仕方《しかた》を聞《き》いてみた

2023年11月25日　初版発行

著　者　支《はせ》倉《くら》 凍《い》砂《すな》

発行者　安部 順一

発行所　中央公論新社
〒100-8152　東京都千代田区大手町1-7-1
電話　販売 03-5299-1730　編集 03-5299-1890
URL https://www.chuko.co.jp/

ＤＴＰ　ハンズ・ミケ
印　刷　三晃印刷
製　本　小泉製本

Published by CHUOKORON-SHINSHA, INC.
Printed in Japan　ISBN978-4-12-207443-9 C1193

各書目の下段の数字はISBNコードです。978－4－12が省略してあります。

中公文庫既刊より

は-78-1　瀬戸内海の見える一軒家　庭と神様、しっぽ付き　支倉凍砂

夢破れて東京から引っ越してきた加乃。ひょんなことからお稲荷様と同居することに。だがここ松山は狐を敵視する狸が支配するというのだ。文庫書き下ろし。

207345-6

き-40-1　化学探偵Mr.キュリー　喜多喜久

周期表の暗号、ホメオパシー、クロロホルム――大学で起こる謎を不遇の天才化学者が解き明かす!!　至極の化学ミステリが書き下ろしで登場！

205819-4

き-40-2　化学探偵Mr.キュリー2　喜多喜久

過酸化水素水、青酸カリウム、テルミット反応――今日もMr.キュリーこと沖野春彦准教授を頼る事件が盛りだくさん。大人気シリーズ第二弾が書き下ろしで登場！

205990-0

き-40-4　化学探偵Mr.キュリー3　喜多喜久

呪いの藁人形、不審なガスマスク男、魅惑の《毒》鍋――学内で起こる事件をMr.キュリーが解き明かすが、今回、彼の因縁のライバルが登場して!?

206123-1

き-40-5　化学探偵Mr.キュリー4　喜多喜久

Mr.キュリーこと沖野春彦が、なんと被害者に!?　事件に立ち向かったのは春ちゃんラブのイケメン俳優・美間坂剣也。新たな名探偵、誕生か!?

206236-8

き-40-6　化学探偵Mr.キュリー5　喜多喜久

化学サークルの「甘い」合成勝負、サ行の発音があやうくなる《薬》。そして沖野と舞衣は、理学部地下の冷蔵室に閉じ込められた。この窮地に沖野は――？

206325-9

き-40-7　化学探偵Mr.キュリー6　喜多喜久

沖野春彦が四宮大学に来て三年半。未だ研究のメインテーマを決められずにいた。そんな中、研究室に「ギフテッド」と呼ばれる天才少女が留学してきて？

206411-9

き-40-9
化学探偵Mr.キュリー7　喜多喜久
シリーズ累計50万部突破！ Mr.キュリーこと沖野春彦の推理に《化学反応》を受けた人物たちが織りなす、個性豊かな7色のミステリが登場です！
206529-1

き-40-11
化学探偵Mr.キュリー8　喜多喜久
大学内で撮影された爆破動画。理学部の排水から検出した覚醒剤。そして研究室で体調を崩す学生、その意外な原因を沖野と彼のライバル・氷上が探る。
206745-5

き-40-13
化学探偵Mr.キュリー9　喜多喜久
四宮大学で舞衣が沖野と出会って丸二年。今年も奇妙な相談が寄せられる中、あの人気「化学ドラマ」を沖野が監修することになり？
206869-8

き-40-15
化学探偵Mr.キュリー10　喜多喜久
小国の王子に舞衣がプロポーズされた⁉ 一方、沖野も海外の科学研究所にスカウトされて……。第十弾は波乱ずくめの長編作！ 文庫書き下ろし。
207067-7

も-25-15
新装版 スカイ・クロラ The Sky Crawlers　森博嗣
大人になれない僕たちは、戦闘機に乗り戦うことしかできないのだ——永遠の子供「キルドレ」が請け負う戦争。生死の意味を問う傑作シリーズ。〈解説〉鶴田謙二
207212-1

も-25-16
新装版 ナ・バ・テア None But Air　森博嗣
伝説の撃墜王は戦闘機乗りには珍しい大人の男。彼とともに出撃する喜びを覚えるキルドレのクサナギは……クサナギ・スイトの物語序章。〈解説〉吉本ばなな
207237-4

も-25-17
新装版 ダウン・ツ・ヘヴン Down to Heaven　森博嗣
女性でキルドレのエースパイロットという話題性から広報に使われ、鬱屈した日々を送るクサナギ。ショー化した戦争を生きる子供たちの物語。〈解説〉室屋義秀
207264-0

も-25-18
新装版 フラッタ・リンツ・ライフ Flutter into Life　森博嗣
戦闘機乗りのクリタは地上の澱んだ空気にうんざりしている。だが上司のクサナギの幼馴染みの研究者と出会ったことから——物語急展開！〈解説〉荻原規子
207286-2

各書目の下段の数字はＩＳＢＮコードです。978－4－12が省略してあります。

も-25-19
新装版 クレィドゥ・ザ・スカイ Cradle the Sky　森 博嗣
空から墜ちた「僕」は「彼女」の車で逃亡する。空に戻ることを渇望しながら、その日は来ないと予感して……。翼を失ったキルドレの物語。〈解説〉押井 守
207311-1

も-25-20
新装版 スカイ・イクリプス Sky Eclipse　森 博嗣
空には言葉がない。言葉は地上のためのものだから――子供たちの飛ぶ空を見上げ、地上で暮らす大人たちの物語。シリーズ唯一の短編集。〈解説〉杉江松恋
207346-3

も-25-14
イデアの影 The shadow of Ideas　森 博嗣
主人と家政婦との三人で薔薇のパーゴラのある家で暮らす「彼女」。彼女の庭を訪れては去っていく男たち。知性と幻想が交錯する衝撃作。〈解説〉喜多喜久
206665-6

た-85-1
煌《こう》夜《や》祭《さい》　多崎 礼
ここ十八諸島で、冬至の夜、語り部たちが語り明かす「煌夜祭」。今年も人と魔物の恐ろしくも美しい物語が語られる。読者驚愕のデビュー作、ついに文庫化！
205795-1

た-85-2
叡智の図書館と十の謎　多崎 礼
古今東西の知識のすべてを収める人類の智の殿堂。鎖に縛められたその扉を開かんとする旅人に守人は謎をかける。知の冒険へ誘う意欲作！ 文庫オリジナル。
206698-4

た-85-3
夢の上 夜を統《す》べる王と六つの輝晶《きしょう》1　多崎 礼
六つの輝晶は叶わなかった六人の夢。翠輝晶は語り出す。死影を宿すアイナと王子アライスの出会いが生んだ壮大な夢を。Ｃ★ＮＯＶＥＬＳ『夢の上1』改題。
206836-0

た-85-4
夢の上 夜を統べる王と六つの輝晶2　多崎 礼
紅輝晶が秘める復讐の夢。光神王を暗殺せんと後宮へ入ったハウファは王の子アライスを産む。だが同じ日、第一妃にも王子が誕生していた。二人の王子の運命は。
206852-0

た-85-5
夢の上 夜を統べる王と六つの輝晶3　多崎 礼
太陽姫と崇められ、人々の夢を担うアライスは、ついに光神サマーアを打ち砕き、王国に青空は戻る。だが、彼女の秘めた無垢なる願いは……。シリーズ完結！
206871-1